余りモノ異世界人の自由生活

勇者じゃないので勝手にやらせてもらいます

7

[著]藤森フクロウ
Fuzimori Fukurou

[イラスト]万冬しま

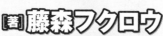

主な登場人物
Main Character
ビャクヤ
カミーユと同郷の
友人の狐獣人。
策略家なところもあるが、
身内には面倒見が良い。
カミーユ
テイラン王国の侯爵子息。
見た目に反してポンコツ。
やけに古風な
言葉遣いをする。
シン（相良《さがら》真一《しんいち》）
元ブラック企業戦士の
異世界転移者。
スローライフに憧れているが、
困った系の人達に
よく懐かれる。

ハレッシュ
タニキ村に住む狩人。
シンが住む家の家主で、
狩りの師匠でもある。
ルクス
サモエド伯爵家の子息。
アンジェリカとは
恋人関係。
アンジェリカ
神子であるシンの
護衛を務める騎士。
真面目な性格でシンからも
信頼されている。

プロローグ

ティンパイン王国の田舎《いなか》の山村――タニキ村に、一人の少年がいた。

彼の名はシン。本名は相良真一《さがらしんいち》で、元はアラサーの社畜戦士である。

彼はテイラン王国が行った勇者召喚の儀式に巻き込まれて、異世界に転移する羽目に。その際、創造主フォルミアルカから詫《わ》びとして、若返りといくつかの特別な力――『ギフト』を与えられた。

ところが、真一改めシンはそもそも勇者でなかったし、テイランが求める職業やスキルを持っていなかったので、すぐに放逐《ほうちく》された。

彼は冒険者としてティンパイン王国に亡命し、タニキ村で冒険者兼狩人《かりゅうど》として生計を立てながらスローライフを満喫《まんきつ》することになる。

だが、そんなのんびりスローライフは、ティンパインのお騒《さわ》がせ王子ティルレインにぶち壊されてしまう。

王子に付き合わされて成り行きで王都エルビアに行ったシンは、お国の重鎮《じゅうちん》の宰相《さいしょう》や国王に絡まれた挙句《あげく》、『加護《かご》』持ちであることが発覚。しかもこれがかなり強大な加護だったため、シンは国の庇護下《ひごか》でティンパイン公式神子《こうしきみこ》となった。

かくして彼は、蝶《ちょう》よ花よと王宮の一画で過ごす――わけもなく。

貴人としてではなく一般人としての生活を求めたシンは、王都で学生をしつつ副業神子として暮らすことを選ぶのだった。

これは、そんな平穏を求めつつ、割と前途多難な異世界人のスローライフ（希望）である。

第一章　村を守ろう

通っているティンパイン国立学園《こくりつがくえん》が夏休みに入り、シンはタニキ村に帰省していた。

現在、シンの家には二人の居候《いそうろう》――カミーユとビャクヤがいる。彼らはお家事情やお宿事情によって帰省についてきた同級生である。

シンは家主の立場で二人をこき使いつつ、夏休みを満喫していた。

ところがこの時、タニキ村では、村の畑が荒らされるというトラブルが発生していた。

これは、例年にないくらい山から獣が下りてきているのが原因だ。

シンの家の本当の持ち主であり、狩人の先輩でもあるハレッシュも、その対応に追われていた。

今日も村の柵《さく》を直したり、増設したりと、大忙しである。

「猪《いのしし》はどれくらい畑を荒らしているんですか？」

シンはハレッシュに問いつつ、鬱蒼《うっそう》とした草むらを見渡した。

雑草は夏の日差しを受けて青々と伸びている。村の中はこうなる前に整えているが、少し離れた場所になれば、背丈を超えんばかりに生《お》い茂《しげ》っていた。

「被害は今のところ村の外側の畑の方が多いが、最近は村の中の通路にまで入ってきている形跡があるんだ。どうやら、集団で野菜の味を覚えちまったみたいでな」

自然の実りだって美味《おい》しいものは多くあるが、人間が栽培した野菜は、食味向上や可食部が増えるように品種改良されている。

「つまり、そいつらは山で食いもん探すより、村の作物が美味しくて楽に食えるからって下りてきてるんですか？」

ふてぇ野郎だ、というか、ふてぇ猪である。

食べ物の恨《うら》みは怖い。かつてゴブリンモンキーに保存食をやられた悔《くや》しい思いが、シンの中でぶり返ってくる。

「ここの人参は甘いからな～。あと、ガランテさん家《ち》の畑もやられてるぞ。トマトを木ごと薙《な》ぎ倒《たお》して、食い散らかしてる。どんどんやり方が大胆になってるんだ」

家具職人のガランテや奥さんのジーナたちの家族とは隣家《りんか》として付き合いがあるシンも、その野菜の恩恵に与《あずか》っている。

彼は思わず、落ちていたぼろぼろの杭《くい》に火をつけて構えてしまった。森ごと害獣を焼き払う勢いだ。畑の被害は知っていたが、改めて情報を聞くと、苛立《いらだ》ち百倍である。

「おいおい、落ち着け」

殺意の波動に目覚めたシンの背中をべしべしと叩きながら宥《なだ》めるハレッシュ。

シンは大人しそうな顔に似合わず、地雷を踏み抜けば一気にアクセルが掛かる性格である。そして、そういう時の火力は過激なのだ。ハレッシュはそれを知っていた。

「シン……お前って、食い物が絡むと時々とんでもなくキレっぽくなるよな」

「あー、お国柄《くにがら》ですかね？　うちの故郷って、食べ物に対する執着心が強いんですよ。美食へのこだわりというか、自分好みのカスタマイズへの飽くなき探求心というか」

そう応えながら、シンは日本の食文化を思い出す。

イギリスのビーフシチューが美味と聞けば、大体の材料と色を調べて肉じゃがを作り出したり、西洋料理のクロケットを模倣《もほう》してコロッケを作り出したり。

最初は本物になり切れないパチモンだったとしても、それを独自の好みに超進化させて、おふくろの味や定番メニュー、様々な亜種を生み出すほどこねくり回す。

シンの故郷はそういう国である。

（そう思うと、転移させられたのがこの世界で本当によかった。意味不明な食材ばっかりだったら、料理にチャレンジする気すら起きなかったかも……）

意識が別の方に逸《そ》れたおかげで、シンは少し冷静になってきた。

引き続き柵作りを手伝い、柵を建てられない場所には土壁を作る。ついでに、杭を打った場所も固めておいた。これで、ちょっとやそっとでは倒れないはずだ。

シンの魔法の手助けでペースも上がり、村人たちも作業に没頭した結果、当初の予定よりずっと広範囲に柵を設置できた。

無心に木槌《きづち》を振るっていたハレッシュが、ふと手を止めた。

「おっと、今日はこれくらいにしておくか」

「柵、なくなっちゃいましたね」

事前に作っておいた柵がなくなってしまえば、これ以上建てることはできない。とはいえ、それだけ作業が進んだのは喜ばしい。

追加の柵が出来上がり次第、続きをすることになった。まだ明るいが、陽が傾いてきて、引き揚げるのにちょうどいい頃合いだ。皆はそれぞれの家に帰っていった。

◆

——時は少し遡《さかのぼ》る。

カミーユとビャクヤは、シンの愛馬ピコを借りて森を見回っていた。

調べれば、村に侵入している獣の形跡は多くあった。

どうやらタニキ村近隣の群れは猪だけのようだが、そう遠くない場所にボアの群れもいる形跡があった。

猪は野生動物。ボアは魔猪の総称——つまり魔物だ。戦えば後者に軍配が上がる。

恐らく、普段は森深くにいる猪は、ボアたちにテリトリーを奪われて人里に下りてきたのだろう。

「おかしいでござるな。ボアの餌場《えさば》と重なるのを避けるのはわかるでござる。だからと言って、人里に下りてくるでござるか？」

カミーユは蹄《ひづめ》の形跡を蹴りながら、怪訝《けげん》そうに言った。それにビャクヤも同意する。

「そやな。こんだけ広い山や。人里より山奥の方がもっと餌場があるやろ」

山奥を眺めるビャクヤは、しんなりと目を細めて金色の瞳を鋭《するど》くさせる。

「もっとええ場所があるのに行かれへん……猪やボアにとって脅威《きょうい》になる獣か魔物がいるんやろう」

「ボアの中には、それなりに大型の個体もいるでござる。群れも大きいでござるし、狼どころか、下級の魔物も歯が立たないでござるよ」

「嫌やわ。雑魚《ざこ》やのうて、それなりに危険なのがおるってことやろ？　怖いわぁ」

ビャクヤは怖いと言いながらも、おどけるように笑っている。狐獣人である彼の耳は忙《せわ》しなく動いており、会話をしつつ森の中に意識を巡《めぐ》らせて、音を集めている。

ピコはそんな二人を乗せながら、ビャクヤを真似《まね》るように耳を動かしていた。

「シン殿に、この辺りはゴブリンモンキーやラプターベアが出ると聞いたでござる。そいつらでござるか？」

「それやったらまあ、なんとかなるやろ。ゴブリンモンキーは手癖《てくせ》の悪さと声のデカさはあるけど、そこまで狂暴やない。ラプターベアはちょい危険やけど、明るい場所を嫌うし、弱点は結構あるやろ」

騎士科に通っていて、魔物の知識がある二人は、余程巨大な群れでなければ、村人との共同戦を張れば、そこまで脅威でないはずだと判断した。

問題なのは、予想が外れた時だ。

この山林の生態系は豊かだ。奥深くにはどんな生物が棲息《せいそく》しているかわからない。魔物でも獣でも、その可能性は未知数なのだ。

食物連鎖の視点だと、虫や鼠《ねずみ》などの小動物よりは上位の猪やボアであっても、大型の肉食動物の餌食《えじき》になる立場だ。

山火事で棲息分布が変わったという情報もある。地元の猟師《りょうし》たちが普段目にしないような種族が流れてきている可能性だって、十分考慮できた。

カミーユとビャクヤだって日々鍛《きた》えているので、ゴブリンやボアくらいならそうそう後《おく》れを取るとは思えないが、平野と違って山林の視野は悪い。ついでに言えば、足場も悪い。騎獣がいるのは有利だが、パーティバランスとしては前衛ばかりに偏っている。

「奥に行きすぎるのは止められているでござるが……」

「ヤバいのが出てきたら、ピコちゃんに全力で逃げてもらうしかないな」

ビャクヤに名前を呼ばれ、ピコはクリっとした目を瞬《しばた》かせた。

シンから借り受けた魔馬ジュエルホーンのピコ。宝石みたいな角と、光に当たると燃えるようなオレンジ色がかった鹿毛《かげ》が美しい。性格は温厚でおっとりさん（ただし比較対象は首刈《くびか》り馬）である。生粋《きっすい》の戦闘魔馬であるデュラハンギャロップのグラスゴーとは違って、カミーユやビャクヤを嫌がらずに乗せてくれる。

「ピコは戦えるでござるか？」

「魔馬やし、普通の馬よりはずっと強いとは思うけどどな。ピンキリやろ、なんも言えへんな」

戦える騎獣はありがたい存在だが、アンタッチャブルがすぎるグラスゴーは無理。ティルレインの護衛の騎獣たちは王国の所有物だから、気安くレンタルできない。

そもそもピコもシンからの借りものだから、怪我をさせてはいけない。

そう考えると、二人の選択は自然と慎重になる。奥は少しだけ探索して帰るということにした。

カミーユとビャクヤは、緊張の糸を張り巡らせ、注意深く周囲を観察しながら入っていく。

ある場所を境に、急に猪やボアの形跡が減ってきた。それだけではなく、小動物も見かけなくなり、鳥の囀《さえず》りすらなくなってくる。生き物の気配が急激に減った。

風が草木を揺らす音と、ピコの足音がやけに耳に響く。

異様だ。

草食動物や小動物が恐れるような生き物のテリトリーに近いのだろう。もしくは、すでに入ってしまったのかもしれない。

警戒から言葉数が少なくなり、ビャクヤとカミーユは軽く目配《めくば》せを交わす。

(どないする？　ヤバいんやないか)

(引き返した方が良さそうでござるな)

カミーユはこくりと頷《うなず》くと、手綱《たづな》を引いてピコに引き返すように指示を出す。

だが、そこで灌木《かんぼく》の隙間から何かが見えた。妙に気になって、視線が吸い寄せられる。

「ビャクヤ、少し手綱を頼むでござる！」

「え？　はぁ？　どこ行くんや!?」

ビャクヤが慌《あわ》てるが、それに構うことなく下馬したカミーユは、灌木の傍《そば》へ駆け寄る。屈み込んで鬱蒼とした枝葉をかき分けると、そこにはまだ生々しさの残る骨や牙、毛皮といった部分だけが残った、ボアらしき残骸《ざんがい》があった。

食い散らかされた様子からして、肉食動物の仕業《しわざ》なのは間違いない。

カミーユは一度顔を上げ、ビャクヤを呼び寄せて確認させる。

「ラプターベア……よりは小さいな。四足歩行か？　背も低そうや」

食われた残骸と、点々と残る足跡から、ビャクヤが推測する。夏場でも腐敗せずにこれだけ残っているということは、そのボアが死んでからそれほど時間が経っていないのだろう。

仕留めた相手も、まだ近くにいる恐れがある。

それに頷いたカミーユはさっと屈んで、木の枝に絡んでいたものを取った。その顔は険《けわ》しい。

手には赤とも茶とも言える色合いの獣毛が握《にぎ》られていた。

木陰でこれだけ赤みがあるとわかるのだから、明るい場所だともっと濃い赤かもしれない。

ラプターベアの毛色ではない。ラプターベアであれば、もっと茶や黒が強く出る。

「足形から見て狼系でござるな。大きさはありそうでござる……赤毛ということは、レッドウルフでござるか？　この辺りはグリーンウルフやグレイウルフは見かけるでござるが、明らかに違う毛色でござる」

グリーンウルフやグレイウルフはその名の通り、緑や灰色をしている。この近辺では割とポピュラーな狼の種類だ。同じように、赤い毛並みのレッドウルフも存在するが、エルビア近郊ではあまり見ない種類だ。カミーユたちも噂《うわさ》や図鑑でしか知らなかった。

足跡と獣毛の形跡だけでは、明確な種類は判断できない。

「わからんわ。ここはタニキ村の猟師さんや冒険者ギルドに聞いてみた方がええな。地元のマイナー種だったりしたら、お手上げや」

「そうでござるな。とりあえず、この毛は持っていくでござるよ」

ビャクヤもカミーユもある程度の知識はあるが、エキスパートではない。形跡を見つけただけで上出来である。

二人は再びピコに騎乗すると、村へ戻るためにまっすぐ走り出した。

軽快に走るピコだが、その背に乗るカミーユとビャクヤは少し焦《あせ》りを覚えていた。なんとなく、うなじがチリチリとするような、恐怖とも不快とも焦燥《しょうそう》ともつかない感覚がせり上がってきて仕方がなかったのだ。

二人とも漠然とではあるが、ここに長居してはいけないと理解していた。

その時、ピコに並走するように、無数の影が現れた。背はピコの半分もないが、数が多い。どんどん囲まれていくことに、二人は気づいた。

それは、真紅と言っていいほど赤みの強い毛並みの狼だった。ピコとその背に乗る二人を、鋭い視線で睨《にら》んでいる。並走しながら低い声で吠《ほ》え、どんどん仲間を呼び寄せている。

狼の群れは、明らかに餌としてこちらに狙いを定めていた。

「赤い狼……！　こいつらがこの辺の主《ぬし》でござるか！」

舌打ち交じりにカミーユが睨み返す。当然、大人しくやられる気はない。

ビャクヤが警告するように声を張り上げる。

「数が多いで！　まともにやり合ったら、負けんのはこっちや！　絶対振り切るで！」

明らかに分《ぶ》が悪かった。最初は数匹だったが、今は二十近くいる。

二人が持っている武器は剣とナイフ、そして弓。当然矢には限りがある。百発百中で命中させたとしても、ぎりぎり全滅させられるかどうかだというのに、遠くからさらに近づいてくる狼の声がある。

ビャクヤが矢を番《つが》えて射るが、激しく揺れる馬上では狙いが定まらない。

その間にも追手は増える一方だ。

「一匹いたら三十匹いるアレか！」

やけくそに叫《さけ》ぶビャクヤだが、これで狼が帰ってくれるわけがない。

どんどん敵勢が増えていく中、カミーユは囲まれないように手綱を握るのに精一杯である。

「あああ！　シン君とグラスゴーがいたら……！」

完全に泣き言状態のビャクヤを、カミーユが叱咤《しった》する。

「そんな仮定は意味ないでござるよ！　当たらなくてもいいから、威嚇射撃《いかくしゃげき》を続けるでござる！」

「しとるわ！　せやけどドンドン増えるから、どうにもならへんのやあああ！」

ビャクヤの言う通り、刻一刻と状況が悪化していることは、カミーユも感じていた。包囲網はどんどん狭く、分厚くなっている。生々しい息遣い、地面を蹴り上げる複数の足音、枝葉の擦《こす》れる音が近づいてくる。猛々《たけだけ》しい殺気に肌がひりついて、嫌な汗が背を伝うのがわかった。

その時、ピコがたたらを踏むように足を止めた。突如言うことを聞かなくなったのだ。狼たちのプレッシャーに負けて、戸惑《とまど》ってしまったのかもしれない。

（こんな時に！）

カミーユの顔が焦りに歪《ゆが》む。ビャクヤは絶望したように真っ青だった。

そして、その好機を狼たちが見逃すはずがない。ピコは足が速い上に持久力もある魔馬なので、二人背に乗せていても狼たちが振り切られる恐れはあった。だが、体力と気力の根競べになる前に負傷させれば、撒かれる可能性はずっと減る。

「走るでござる！　逃げなければ――」

カミーユが必死に指示を飛ばすが、ピコは動かない。恐怖で足がすくんだのか。

焦りがどっと襲ってくる中、恐る恐るビャクヤが口を開いた。

「……なあ、カミーユ」

「なんでござるか⁉」

半分喧嘩腰《けんかごし》で返すカミーユ。その間にも、狼の包囲網は縮まりつつある。

「ピコちゃんの角、メッチャ光ってん。気のせいか、ごっつうヤバイ気がするんやけど」

ずっと真っ青だったビャクヤの顔に、さらに異様な汗が追加されていた。彼はいつもの食えない笑みを取り繕《とつくろ》うのも忘れ、途方に暮れたようにちょいちょいとピコの頭を指さす。

狼に気を取られていたカミーユは、怪訝な顔をしてピコを見る。

ピコの角の先端が煌々《こうこう》と光っていた。

しかも、バチバチと爆《は》ぜるような音を立てて、電撃に似た超圧縮の魔力を周囲に纏《まと》わせている。

魔法に疎《うと》いカミーユでもわかるほど、濃密なエネルギーが凝結《ぎょうけつ》していく。

ピコもまとめて餌だと見做《みな》していた狼たちも、その異様な魔力を肌で感じているようだ。つい先ほどまでの威勢のよさが消えうせ、耳を下げて尻尾を情けなく股の間に挟んでいた。へっぴり腰で、向かうか逃げるかと右往左往している。

だが、そんな未知の恐怖に震える狼たちに対して、鹿毛のジュエルホーンは無慈悲だった。円《つぶ》らな瞳をちらりと向けると「えーいっ」とばかりに頭を振って、角に纏わせた魔力を容赦《ようしゃ》なく放出した。

凄《すさ》まじい赤い雷撃が狼を打ち据え、木々を薙ぎ倒し、大地を抉《えぐ》る。

シンの家どころか、ハレッシュ宅も含めた敷地全てがすっぽり入るくらいの広さが絨毯爆撃《じゅうたんばくげき》されていた。

その魔力に当たった憐《あわ》れな犠牲者《ぎせいしゃ》たちは、全て燃え上がって灰になっていく。

騎乗していた二人は台風の目のように無事だが、その赤い雷撃の閃光《せんこう》は容赦なく目に焼き付いた。

やがて残ったのは、薙ぎ倒されて燻《くすぶ》る木々と、抉れた大地、そして狼だったと思《おぼ》しき無数の黒い燃えかすたちである。夏の美しい緑の森が劇的なビフォーアフターである。

ピコは耳を細かく動かし、すっきりしたと言わんばかりにカツカツと軽く地面を蹴った。

顔を引きつらせ、硬直したままのカミーユはなんとか一言絞り出す。

「派手にやったでござるなぁ……」

「ピコさん？　……え？　ちょ、ジェノサイドはグラスゴーの専売特許なんじゃ」

震えるビャクヤは、周囲の惨状《さんじょう》と、いつも通りにおっとりと目をぱちくりさせるピコを見比べた。

そんな二人を尻目に、ピコは邪魔者は消えたと言わんばかりに、軽快な足取りで村の方角へ走り出す。

ピコは確かに争いを好まないし、戦力的にはグラスゴーよりずっと劣る。

だが、毎日丁寧に世話をされ、しっかりと飼い葉を与えられて、少なくない頻度《ひんど》で高濃縮魔力入りのおやつを貰い続けている。いわば栄養バランス良好＋サプリメントまでしっかり充実の食生活。当然、普通のジュエルホーンよりも蓄積魔力が増える。

近くに沸点の低いデュラハンギャロップがいるから気づきにくいだけで、ピコも立派に強力な戦馬に匹敵するのだ。

しかも、今回は背に乗せていたのはロングレンジのアーチャー&メイジタイプのシンではなく、ショートレンジの剣士タイプのカミーユとビャクヤ。

二人には手に負えない状況だと判断し、ピコはさっさと邪魔な狼どもを薙ぎ払ったのだ。

お家ではピコの大好きなご主人様と、ご飯が待っている。纏わりついて追い回す雑魚モンスターなど、相手にしている暇はない。

放心状態のカミーユとビャクヤは、帰り道をちゃんと覚えていたピコに揺られて、無事に家に辿《たど》り着《つ》いた。

その後、先に戻って夕食の準備をしていたシンは、有り金を全て溶かしたような間抜け面《まぬづら》を晒《さら》す二人を怪訝に思いながらも、特に突っ込まなかった。

「メシ、できたよ」

今日の夕食はスリープディアーを使ったシュラスコ風の串焼きだった。

弱火でじっくり焼いた肉は余計な油が落ちているし、焦げもなく柔らかいはずだ。そのままかぶりつくもよし、パンに挟むもよしである。シンとしても良い出来栄《できば》えだった。

だが珍しいことに、シンの呼びかけにも、二人は反応しなかった。

シンは気にせず食べはじめる。丸まる一本を食べ終え、次はパンと野菜でバーガーっぽく食べようとしたところで、ようやくカミーユとビャクヤがビクンと動いた。

「……うっはああ！　意識が飛んでいたでござる！」

「なんやねんなんやねんあれ！　シン君のお供はオーバーキルの攻撃力が標準装備なん⁉」

急にスイッチが入ったと思いきや、何故か感情が駄々《だだ》漏《も》れシャウトが始まる。

シンはそれを冷ややかに見つめ、こぼれ落ちそうになる輪切りのトマトをパンの中に収めつつ、どうやってかぶりつこうかと思案していた。

熟慮の結果、落ちたらその時はその時と、潔《いさぎよ》くかぶりつくことにした。シンはハムスターのように頬袋をパンパンにしつつ、ギャンギャンとうるさい同級生を眺める。

「シン殿は何を一人で美味しそうな物を食べているでござるか⁉　我々の分は⁉」

お肉大好きカミーユがさっそく噛《か》みついてくるので、慌てず騒がずキープ分を指さす。先に食べてはいたが、ちゃんと考えて二人の分は残している。冷めてしまったのならぼんやりしている二人が悪い。

「端っこにある」

シンの示す先――網の端っこにある、いい感じに焼けたお肉たちを見て、カミーユは一気に相好《そうごう》を崩した。むしろ砕けた勢いで満面の笑み。

「いただきまーす！　って痛い!?」

串に手を伸ばしたカミーユを容赦なく後ろから強襲したのは、ビャクヤだ。

現実にお帰りなさいしたのは、カミーユだけではない。

何気に全部を取ろうとしていたカミーユを、ビャクヤは容赦なくシバく。

二人とも今日は野山を駆け回り、狼に追い掛け回され、心身共に疲弊《ひへい》してお腹がペコペコなのだ。

譲り合いの精神は発揮されなかった。

手を伸ばそうとするカミーユを羽交《はが》い締《じ》めにしようとするビャクヤと、それを引きはがさんとアイアンクローをするカミーユ。激しい欲望のぶつかり合いである。

それでもシンの肉は狙われないあたり、三人の序列がわかるというものである。

とっても醜《みにく》い争いに、シンは呆《あき》れ顔になる。

「いや、普通に追加で焼けるから」

カミーユは串に刺したまま肉にかぶりつき、ビャクヤは熱すぎて食べられないと箸《はし》で取り外しながら、ゆっくりと咀嚼《そしゃく》する。

カミーユの実家は侯爵家《こうしゃくけ》だが、これではどっちが貴族の令息かわからない光景である。

やっと話ができるまで精神が回復した二人に、シンは改めて聞く。

「で、なんかあったの？」

「ピコちゃんがピコさんやった」

「某《それがし》の序列がますます下がったでござる」

ビャクヤとカミーユはカッと眼光鋭く答えたが、言っていることはとても情けない。

シンの二人を見る目がなんとも微妙なものになる。

「え？　いつからピコより上だと錯覚《さっかく》していたんだ？」

シンの中では大事な騎獣たちの方が、優先順位が上である。

魔馬たちはシンが庇護するべき存在であり、二人は学友（ただし〝ちょっと面倒くさい〟と注釈が付く）だ。まだ若いが善悪の区別のつかない年齢でもないので、自分の尻は自分で拭《ぬぐ》えと常々思っている。主にカミーユには、色々と物申したいところだ。

シンがマジトーン――半分冗談、半分本気であるが――で言ったものだから、騎士科コンビはショックを受ける。わあっと泣き喚《わめ》きはじめた。

「酷《ひど》い！　酷いわ、シン君！　ウチらのこと弄《もてあそ》んだん⁉」

「信じていたのに！　この人でなしー！」

ゴミ捨て場で残飯を奪い合うカラスのように、ギャアギャアとうるさく姦《かしま》しく喚くビャクヤとカミーユ。

シンは心底鬱陶《うっとう》しそうに、妙に女々《めめ》しく責め立ててくる同級生を見た。その視線の冷たさに、二人は「下手打った」と今更気づく。

「その言葉、現実にしてあげることもできるけど？」

家主様の強権を見縊《みくび》るんじゃねぇ、と副音声が聞こえた。

王都で宿の当てがなく、寮にいられない金欠二人を受け入れたのはシンの善意だ。ちょっとだけティルレインの世話を押し付けたい思惑があったが、宿代を取ってないのはシンの慈悲である。

余計な茶化しは悪手《あくしゅ》だと気づいた二人は、今更ながらに自分の知る限り、最高の非礼の詫び方をする。別名ＤＯＧＥＺＡスタイルである。

「悪ノリしすぎました。ごめんなさい」

カミーユがござる口調を放り投げ、堅苦しく頭を下げる。

「伏《ふ》してお詫び申し上げます」

同じように、ビャクヤは綺麗《きれい》に指を揃えて平伏《へいふく》した。

シンに追い出されたら、二人は野宿するかタニキ村の数少ない民宿に泊まるしかない。

当然、お金を取るか質を取るかという選択を迫られる。そして、基本温厚だとタニキ村の人々に認識されているシンに叩き出された自分たちがどんな目で見られるかなど、考えたくもなかった。

タダの謝罪で回避できるなら、安いものである。プライドでは腹は膨《ふく》れないし、安眠も保証されない。二人はその辺の考えはシビアだった。

「ふざけるのも程々にしてよね。で？　ちゃんと僕にわかるように説明して」

嘆息《たんそく》しながらシンが言った。先ほどの冷然とした視線はなくなったから、怒りの矛《ほこ》を収めてくれたようである。

ちょっとおふざけがすぎた。ほっと胸を撫《な》で下《お》ろした二人は、ちゃんと今日の出来事を語り出す。

「ピコが滅茶苦茶《めちゃくちゃ》強かったでござる！　角からビリビリしたのが出て、狼たちをゴッシャーしたでござる！」

カミーユが一生懸命身振り手振りで説明したが、語彙《ごい》が完全に小学校低学年レベルである。

シンは非情ではなかったので、その努力だけは認めた。うんうんと頷いて――だが、それ以上詳細に聞く気はなかった。潔くカミーユから聞き出すのは諦《あきら》め、ビャクヤの方に向き直る。

「簡潔に」

ビャクヤは同級生の残念な説明に頭が痛そうな顔である。シンに説明を再要求され、さもありなんと頷いた。

「俺らは猪やボアの形跡から、山に他の脅威がいるんやないかと追ってたんよ。そしたら、赤い狼にガッツリ目ぇ付けられて、追いかけ回されてな……あれはアカンと思ったわ。そしたらピコちゃんが追っ払ってくれたんや。魔角から高等魔法相当の威力の攻撃をしてな。ピコちゃんが強いねん。狼を蹴散らしたから、その隙に逃げてきた」

ピコの武勇伝に、シンも目を丸くする。

グラスゴーなら敵ごと焼野を作るのは通常運転だが、ピコは割とお澄《す》ましタイプだ。

好戦的ではないはずだが、そこまで追い詰められていたのだろうか、とシンは首を捻《ひね》る。

帰ってきた時は特に興奮した様子もなく、いつもの愛らしい目をぱちくりとしていた印象しかない。それより異様なのが二人いたので、そっちに意識が向いていた。

よっぽどやんちゃしたのかな、と思いながらも、シンは別のことが気になった。

「赤い狼？　緑や茶、白、灰色ならよく見るけど……」

真っ白は冬場に出る狼だが、それ以外は四季を問わず見かける。だが、赤はこの辺りでは見ない。

地元の狩人のシンの言葉に、二人は目を丸くする。

「この辺ではあまり見ない種でござるか？」

「赤茶くらいなら見ることもあるかな？」

シンの言葉に、カミーユは首を横に振る。

「赤茶ではないでござる。真っ赤。真紅と言っていいような濃い赤でござる。毛の採取に成功したから、見てほしいでござる」

そう言って、カミーユは懐紙《かいし》を取り出すと、その上に獣毛を載せた。

懐紙は白いので、明るい場所だと毛色がはっきりとわかる。

確かに赤い。茶というより赤である。錆色《さびいろ》でもなく赤茶でもなく、真っ赤。

こんなに目立つ体毛なら、目につきやすいはずだ。だが、シンの記憶に引っかかる動物や魔物はない。普段はこの周辺にいない種類か、突然変異の類《たぐい》かもしれない。

「うーん、僕もタニキ村に移住してきたからなぁ。珍しい狼なのかも。ハレッシュさんなら知っているかも。もともとここの出身だし、僕の狩りの師匠だから」

「シン君も知らんかぁ。あれ、ヤバいで。女子供どころか、少数なら狩人でも逆に取って食われる。かなり好戦的なうえ、獲物を追い立てるのが上手い。群れも大きかった……ピコちゃんに蹴散らされたのは、きっと全部やない。遠吠えで次から次に増えとったから、普段は群れを分けて、広範囲で狩りをしとるっちゅうことや」

「群れか。厄介だな。好戦的なのは危険そうだね」

巨大な群れはそれだけで脅威だ。集団とは力そのものである。

しかも、赤い狼は統率のとれた狩りを行うという。タニキ村を包囲して襲撃してきたら大損害になりかねない。

山狩りで追い立てるにしても、群れの大きさを間違えれば稀少《きしょう》な戦力を削《そ》がれる恐れもあった。

「明日ハレッシュさんに聞いてみよう。ダメなら冒険者ギルドや村人に何か思い当たるのはないか、片っ端から聞き込みをする。それでも情報がなかったら、隣村《となりむら》に確認しに行くことも考えよう」

狼たちの群れの大きさ次第では、隣村のバーチェ村からの助力を乞《こ》う必要がある。あちらだって、タニキ村の次に狙われるのは自分たちの村だとわかっていれば、戦力が多いうちに追い払うなり、駆除なりしてしまいたいはずだ。

「これ、僕が預かっていい？」

「いいでござるよ。シン殿が聞いた方が、話が早く済みそうでござる」

シンは懐紙に包んで赤い狼の毛を仕舞った。

二人が集めてくれた、貴重な手がかりだ。なくさないように、すぐに魔道具の『マジックバッグ』に入れた。

（後で鑑定してみよう。種族名がわかるかもしれない）

フォルミアルカから貰った女神謹製《めがみきんせい》スマホの特殊機能は、基本オフレコだ。

色々な物を鑑定できるし、情報検索もできる。それに神託《しんたく》という名の創造主直通の連絡機能が付いているし、バレたら非常に面倒な代物《しろもの》なのだ。

「念のためにピコを見てくるね」

シンは二人にそう告げ、さりげなくその場を後にした。

第二章　獣毛の正体

厩舎《きゅうしゃ》に足を運んだシンは、ピコの方へと向かう。

飼い葉を食《は》んでいたピコは、シンの姿を見つけると、嬉《うれ》しそうに顔を上げて近づいてきた。グラスゴーもピコを押しのけんばかりに寄ってくるが、今はピコの点検である。シンは軽く鼻筋《はなすじ》と首を撫でてから、ピコに譲るように促した。

すでに宵《よい》の口《くち》なので、厩舎の中は暗い。魔法で明かりを出し、ピコを撫でながら顔、首、胴体、脚の順に確認していく。念のため蹄の裏まで確認したが、怪我はない。

ここまで見て、ようやくシンは一安心できた。

馬は骨折しただけで殺処分されることも珍しくない。

馬の蹄はさながら第二の心臓とも言える役割を果たしており、歩くことにより血液を行き渡らせている。従って、歩くことができないと、その巨体に栄養や酸素、老廃物などの循環ができなくなってしまう。やがて循環不良により鬱血《うっけつ》し、その先には死が待っている。

骨折した競走馬が安楽死させられたというニュースを耳にするが、あれは苦しませないための処置でもあるのだ。

（回復魔法や傷薬があるとはいえ、悪化する前に見つけるに越したことはないからな）

ピコは健康そのものだが、シンは念のためと、前にうっかり作ってしまった劣化エリクサーを与える。それを羨《うらや》ましがったグラスゴーにもあげた。

（うん、これでよし。あとはあの獣毛を確認しよう）

シンはカミーユが採ってきた獣毛を取り出して、スマホで検索してみる。

すぐに『獣毛。ブラッドウルフの毛』と出てきた。二人とも狼と言っていたし、ビンゴである。

シンはさらにブラッドウルフについて検索する。

『ブラッドウルフ。赤い毛並みが特徴の狼の魔物。非常に獰猛《どうもう》かつ好戦的な性格で、獲物を見つけると遠吠えで仲間を呼びながら狩りをする。山林や平野等、獲物が多い場所に棲息する。食生活が独特で、肉より血を好む。特に人間の血肉を好むので、危険視される』

説明を読んで、シンは少し気持ち悪くなった。血を啜《すす》るのが好きな狼とか、気味が悪い。

『非常に食欲旺盛《おうせい》で、周囲一帯の獲物を狩り尽くし、共食いをすることも。共食いの果てに残った強い個体で群れを再編成し、別の狩場に移動する。稀《まれ》に共食いから逃げ、単独行動をする個体もいる。基本的に群れで生活と狩りを行うので、一匹で生き残るのは極めて珍しい』

明らかにヤベー奴である。共食いで残ったのを……なんて、蠱毒《こどく》のようだ。

そして、周囲一帯の獲物を狩り尽くされては、狩人として非常に迷惑である。

そんな食物連鎖をぶち壊すアナーキーな迷惑魔獣が山にいるなど、考えるのも嫌だった。元の生態系に戻るのにどれだけかかるのだろう。

（ビャクヤの説明を聞く限り、襲ってきた狼たちの群れはかなり大きい）

共食いをするのは周囲の獲物を狩り尽くしてからだとすると、今は全盛期なのかもしれない。群れが大きければ、それだけ食料も多く必要だ。山火事から徐々に戻ってきた動物たちを追いかけて、ついてきてしまったのかもしれない。

普通の馬より俊足《しゅんそく》のピコにとって、半日で往復できる距離ならば、決して遠くない。群れがこちらに雪崩《なだ》れ込《こ》んで襲撃するのは時間の問題だ。

木の柵での妨害を想定しているのは猪やボアだ。狼だと柵を飛び越えてくるかもしれない。

シンは厩舎からちらりと顔を出して、ハレッシュの家を見る。ぼんやりとランプの明かりが見えるので、まだ起きているのだろう。趣味の剥製作《はくせいづく》りに精を出しているのかもしれない。

（危険だな。早めに相談した方がいい）

村人たちは山菜や野苺摘《のいちごつ》み、釣りや薪拾《たきぎひろ》いなど、日々の糧《かて》を得るために山に入る。うっかりブラッドウルフに遭遇《そうぐう》して、襲われたらひとたまりもないだろう。

シンはハレッシュのいる母屋《おもや》に向かって歩き出した。

扉をノックすると、物音がしてハレッシュが顔を出す。

彼はシンの姿を見て目を丸くするが、すぐに気さくな笑みを浮かべる。

「どうしたんだ？　こんな時間に訪ねてくるなんて、珍しい」

「突然すみません。相談したくて来ました。実はカミーユとビャクヤが森の探索に行ったら、気になるものを見つけて……僕の知らない獣か魔物なんです」

本当はついさっきスマホで調べたが、シンは実物の狼を見たことがない。規格外な女神謹製のスマホについては誤魔化《ごまか》して、ハレッシュになるべく真実に近い話をする。

「なんだって？　どれだ？　どの辺で見つけた？　あ、その前に家に入れ。立ち話もなんだしな」

どことなく歯切れの悪いシンの様子に何か感じ取ったハレッシュは、シンを家に招き入れる。

お言葉に甘えて、シンは母屋に足を踏み入れた。

「お邪魔します」

テーブルに案内されるまま、シンは腰を下ろす。

部屋のちょっと奥には不気味な剥製があって、相変わらずホラーなお宅である。ハレッシュの趣味は実益も兼ねているが、シンは苦手だった。

それらから一生懸命ピントをずらして、見て見ぬふりだ。

「見つけたのは、森の奥ですよ。村人でも、狩人や猟師じゃないと行かないところです。大岩を楡《にれ》の大木のある方から登って……と言えばわかります？」

身振り手振りを交えつつ、シンはカミーユとビャクヤが狼と出くわした場所を説明する。

タニキ村の狩人であるシンたちにとって、近くの山林は庭も同然だが、目印もなく歩くわけではない。大岩も楡の木も、素人《しろうと》からすれば目印になるか微妙だが、タニキ村では通じるローカル地理ネタである。

大岩は何十年も前に土砂崩れで地中から転がり出たもので、楡の木はその一帯で一番の大木だ。近くに雷が落ちて焦げても生き残った、恐るべき生命力の木である。

「あっちか。結構奥まで行ったんだな。十日くらい前にその辺に狩りに出た奴からは、そんな報告はなかった。となると、移動してきたのは最近だろう」

説明を聞きつつも、ハレッシュは手早く温かいお茶を用意して、シンに差し出す。

湯気が揺れるマグカップを受け取り、シンはゆっくりとお茶を啜る。

「ありがとうございます。そこで狼に遭遇したそうなんです。あまり見ない狼で、毛並みが赤で、大きな群れを作って行動していたそうです。幸い、ピコが大技で追い払ったので無事帰れたそうですが……」

シンがそこまで説明した時、ハレッシュの気配が変わった。

それに気づいたシンが思わず顔を上げると、ハレッシュから普段の人の好い笑みが消えていた。

「真っ赤な狼？」

ハレッシュの顔が険しくなる。声色が重くなり、眉間《みけん》にしわが寄って、露骨《ろこつ》に目つきが厳しくなった。どうやら狼に心当たりがあるようだ。

シンはカミーユから預かった獣毛の入った懐紙を取り出す。

「死体は回収できなかったんですけど、毛があります。これです」

「赤いな。この色はアースウルフじゃない。日中に明るい場所で見れば断定でき――いや、少し借りるぞ」

シンが頷くのとほぼ同時に、ハレッシュは懐紙を手に取って獣毛に鼻を近づける。

そして、何かに気づいたのかさらに顔を強張《こわば》らせた。

「血の臭い！　ブラッドウルフだ。クッソ、アイツら、また来やがったのか」

大きな音を立てて立ち上がるハレッシュが、吐き捨てんばかりに言った。その声には忌々《いまいま》しさと憎悪が滲《にじ》んでいた。

ハレッシュの変貌《へんぼう》ぶりに、シンは少し驚いて目を見張る。そんなシンの表情に気づいたのか、冷静さを取り戻したハレッシュは、浮かせかけた腰を下ろした。

「危険な狼なんですか？」

「ああ、アレは好んで人を襲う。魔物や魔獣に分類される中でも、オークやゴブリンなんかとは比較にならないほど危険だ」

ハレッシュは両肘をテーブルの上について、組んだ手の上に額《ひたい》を載せて俯《うつむ》く。

シンの問いには答えているが、声は切羽《せっぱ》詰まっている。自制心を精一杯働かせて、冷静になろうと努めているのだろう。

一つ大きく溜息をつくと、幾分《いくぶん》いつものハレッシュに戻っていた。しかし、テーブルに手をついて立ち上がる彼の目には、変わらず強い光が宿っている。

ハレッシュの中にある感情の正体はわからないが、彼の中で腹を括《くく》ったか、何かの決意が固まったのが、シンにもわかった。

「シン、緊急事態だ。説明は後だ。領主様のところに行くぞ。パウエル様とあの眼鏡《めがね》の貴族様にも伝えにゃならん」

「わかりました」

すでに日は暮れているが、ハレッシュはタニキ村の領主であるパウエルと、眼鏡の貴族ことルクスのもとへと行くと言う。

シンもその判断に異論はない。むしろ、後回しにするなら急《せ》かしただろう。

早速家を出たところで、ハレッシュがシンの家から漏れる明かりを見た。いつもなら気にしないだろうに、硬い声で注意を呼び掛ける。

「あっちの二人に、きっちり戸締りをするように言っとけ。ブラッドウルフが近いとなると、できれば窓も開けない方がいいが……この季節はさすがにきついな」

うーんと唸《うな》って腕を組むハレッシュに、シンも頷く。

「虫除けを焚《た》くので、密閉するのはちょっと」

今は真夏である。タニキ村は都会のコンクリートジャングルによるヒートアイランド現象とは無縁だが、それなりに気温は高い。

密閉は辛《つら》いので、窓を開けて虫除けを焚くのだが、今回は調合に少し失敗して煙が多い。閉めきったら視界が白く染まるだろう。

「……あの臭いはウルフたちも嫌がりそうだな」

「だいたいが植物由来なので、グラスゴーたちは平気なんですけどね」

蚊取り線香は独特の臭いがする。シンには結構お馴染《なじ》みの香りだが、ビャクヤは慣れるまで微妙な顔をしていた。獣人には辛いが、ずっとモスキート音が響いているよりマシと我慢している。

シンはグラスゴーに、ハレッシュはピコに跨《また》がって、急いで領主邸に向かう。

満天の星が輝く夏空。草木の青い匂いを含む夜風が、やけにひんやりと冷たかった。

村の中を駆け抜けていると、すでに明かりの消えた家が結構あった。この世界では娯楽が少ないのもあるし、蝋燭《ろうそく》やランプの消耗を減らすために、陽が落ちる前に夕食を済ませて、陽が沈むと同時に寝るところも珍しくないのだ。

それでも、その日のうちにやらねばならないことや、仕事が残っていれば明かりをつける。庭で焚火《たきび》をしていると思えば、追加の柵を作っている村人がいた。予想外に増設作業が早く進んだから、急遽《きゅうきょ》やることになったのだろう。

領主邸もちらほらと窓から明かりが漏れていた。玄関先には魔石の街灯があり、常に照らされている。ついでに言うと、簡単な賊や魔物除けの魔法も施されている優れものだ。

腐っても王族であるティルレインが滞在しているので、色々と警備機能があるのだ。

夜分遅くというほどではないが、陽が暮れた後に訪ねてきた人物に、執事のテルファーは驚いていた。だが、ハレッシュが「森の異変の正体がわかった」と言うと、すぐさま動揺を抑え、表情を引き締める。

「すぐにパウエル様にお繋《つな》ぎします。応接室にご案内いたしますので、そこでお待ちを」

「眼鏡の……じゃなくて、ルクス様も呼んでくれ。頭が回る奴が多い方がいい」

ハレッシュの様子から、緊急性を感じ取ったのか、テルファーは頷いた。

シンは、その二人のやり取りをちょっとだけ居心地を悪くしながら聞いていた。

「あの、この話をするなら、実際に見たカミーユとビャクヤも連れてくればよかったのでは？」

「俺を乗せたピコにさらに二人は無理だろう。ブラッドウルフがいた場所はわかっているんだから、十分だ」

そう言ってハレッシュはシンの頭に手を伸ばすと、黒髪をクシャクシャと撫で回した。

ナチュラルにグラスゴーの二人乗りがナシにされたが、ツッコミは入れなかった。

新築された領主邸の応接室は、貴族のお屋敷らしい綺麗なアラベスク模様の壁紙と、上品な調度品が揃えられていた。床には幾何学模様《きかがくもよう》の毛足の短い絨毯が敷かれ、部屋の中央にはよく磨かれた紫檀《したん》のテーブルに、革張りのソファーが置かれている。壁には絵画がいくつかかかっていて、天井には小ぶりのシェードタイプのシャンデリアがある。

お茶が運ばれてきたのとほぼ同時に、パウエルとルクスがやってきた。二人はテーブルを挟んで、シンたちと向かい合うように座った。

それを待って、ハレッシュが口火を切る。

「単刀直入に言う。ブラッドウルフが村の近くまで来ている。はぐれじゃない。群れだ」

はぐれはボス争いで追い出されたり、怪我や病気で群れについていけなくなったりして単独行動をしている個体のことだ。

単体と複数では脅威が違う。これはタニキ村が大きな危機に瀕《ひん》しているという宣告でもあった。

「ブラッドウルフ……数年前にも出たあれかい？」

パウエルはすぐに思い当たったのか、優しげな顔立ちが深刻そうに曇った。

ルクスも苦々《にがにが》しい様子で、少し俯いて思案顔になる。

「私も本での知識しかありませんが、基本は食料が多い山間《やまあい》や広大な草原地帯にいることが多いと聞きます」

この辺りも自然豊かだが目撃例はなかった。少なくともルクスの知る限り、普段は見かけないはずの魔獣なのだ。

「ああ、そうだ。だがな、アイツらはたまに餌を探しに周回するエリアを外れてくることがあるんだ。この周辺でも十年に一回くらいなら、群れからはぐれてきたのが流れてくる。しかし、今回は規模が違う」

ブラッドウルフは群れという大きな食い扶持《くぶち》を賄《まかな》うために、餌の多い場所へ移動していく習性がある。群れごとにそのコースはある程度決まっているし、そこを縄張りにしている。

だが、その旺盛な食欲に任せて餌となる動物や魔物たちを追うあまり、縄張りを外れてしまうことがままあった。それ以外にも、他の群れに奪われたり、他の肉食動物との衝突に負けたりするなど、理由は多々あったが――問題はタニキ村の周辺に出てきたことだ。

都市であれば、兵士や冒険者を使ってブラッドウルフを制圧できるものの、小規模集落は絶好の狩場だ。

「困りましたね。現在の柵は猪やボアに対抗するためのものです。少し勢いをつけられる距離があれば、狼には飛び越えられてしまいます」

ルクスは当初、作物を荒らす害獣対策として柵作りを想定していた。杭を深く打ち込んだしっかりした造りになっていて、多少ぶつかられてもいいようになっているが、高さはない。

「でも柵は引き続き作った方がいい。ないより断然ましだ」

ハレッシュの言葉に、ルクスも頷く。高さが足りなければ、後で飛び越えにくいように細工をして設置するのも手だ。

「急いで柵は作らせているけれど、材料だって森で調達しているから、近くに狼が出るとなると、女子供は行かせられないね」

パウエルが言った通り、どうしても森に行くなら、男手を護衛につけていった方がいいだろう。

しかし、相手は狩りのプロで、多勢《たぜい》に無勢《ぶぜい》だ。行くにしてもできるだけ回数を減らして、一度にたくさん調達した方がいい。そうなると、護衛も数が必要になる。

だが、それだけで大丈夫だろうか。シンの中で懸念材料があったので、意見を口にする。

「カミーユやビャクヤは王都にある学園の騎士科の生徒です。戦いの素人ではありません。それでもブラッドウルフにてこずったと聞きます。護衛は腕利きを揃えた方がいいし、騎獣は必須です」

人間の足では当然狼の足に敵《かな》わない。逃げ遅れた者から犠牲になるだろう。

そして、人の味を覚えた獣は、執拗《しつよう》に人を狙うようになるのはよくある。そういったことは、北海道の三毛別《さんけべつ》ヒグマ事件などでもあったと、シンは記憶している。熊だけでなく、虎やライオンだってそうだ。外国でも類似する事件は多くある。

そうでなくとも、ブラッドウルフは人肉を好む傾向があるという。

「男勢を護衛にしても危ういかもね。前に来たのははぐれだったけど、それでも被害が出た」

パウエルは暗い顔で頭を抱えている。ハレッシュは何かを堪《こら》えるように口を引き結んでいた。

その様子を見たシンの中で、薄々感じていた引っ掛かりが確信に変わりつつあった。

過去にタニキ村――ハレッシュは、ブラッドウルフに何かトラウマがあるのだろう。

しかし、今はそれを問う場ではない。村の安全対策を進めるべきだ。

「それほど脅威なのですか？」

本でしか知らない魔物の脅威に、ルクスは危険度を測りかねているようだ。

「他の獣や魔物は、人間側が厄介だとわかれば、狙いを変えるんだ。だけど人の味を覚えたブラッドウルフは、人間に執着して根こそぎ食い殺すか、全滅するまで執拗に襲ってくる」

パウエルの言葉に、ルクスは絶句した。

獰猛な魔獣なのは知っていたが、そこまで人間に妄執じみた食いつきをするとは思わなかった。

村を襲い、人間の味を知ったら、タニキ村だけの問題ではなくなる。

ブラッドウルフへの警戒を跳ね上げたルクスは、村だけでは対応不可能だと判断した。

「王都に救援を要請しましょう。幸い、こちらには王族と神子がいます。その名目であれば、軍を派遣してもらえるはずです」

この言葉が出せるのは、ルクスだからだろう。

安易に村を見捨てず、手持ちのカードから最高の取引材料を提示する。

「それはありがたいが、王都からここまでどれくらいあると思っているんだ？」

ハレッシュが現実的な問題を示すが、ルクスもそれは織り込み済みだ。頷いて答える。

「飛竜隊を要請します。彼らなら空路を使い、数日内に到着するでしょう」

陸路よりも短時間で来ることができる。本来なら王家直轄《おうけちょっかつ》の部隊だが、危機に直面している今は、時間との戦いだ。現在村にいる村人とティルレインの護衛だけでは、襲撃者に対応しきれない。

近隣の村に応援を頼むにしても、応援を出して手薄になった村の方を襲撃される恐れがある。

幸か不幸か、現在タニキ村には王族と神子がいるので、理由としては申し分ないのだ。

「狼を罠にかけることは不可能なんですか？」

シンが提案するが、ハレッシュは首を横に振る。

「多少は引っ掛かるが、焼け石に水だろう。今回の方が群れの規模が大きいはずだ」

カミーユたちに襲い掛かったのは、あくまで群れの一部だ。

全部集まる前にピコが派手に追い払い、それに驚いたブラッドウルフたちの隙をついて帰還できたにすぎない。遠吠えの数からして、相当の数が予測された。

「奴らを仕留めるなら戦争に使うような魔道具が必要だ。広範囲にばらついているから、狩りをしに集まってきたのを纏めてぶっ飛ばすのが効率的だが……それほどの危険物は、こんな田舎村にはない」

しかもその方法だと、狼たちを引き付ける囮役《おとりやく》が危険である。シンとしても賛成できない。

「こっちから攻めるのは難しいんですよね」

相手の方が肉体アドバンテージは圧倒的に高いとはいえ、防戦一方では後手に回るだけではないか。シンがそう思っていると、パウエルが首を横に振る。

「ブラッドウルフの群れを相手にするのは愚行だよ。籠城戦《ろうじょうせん》に持ち込んで、あっちが諦めるまで戦力を削ぎつつ待つのが現実的だね」

「諦めますか？」

「ブラッドウルフの群れが大きければ大きいほど、食料が必要だ。それを求めて広範囲を移動しなくてはならない。効率の悪い餌場からは離れるよ。居座って共食いを始めて数が減ってくれば、こちらから攻勢に転じることもできる」

ささっとブラッドウルフに消え失せてほしいと思ったシンは、悪くないだろう。

ブラッドウルフは共食いするレベルの暴食気質だ。堪え性がない。

飢えれば他に行くといっても、誰一人食い殺していなければ、という前提がある。人間の血肉を覚えると、しつこさが格段に上がるだろう。

被害者を出してしまえば、このタニキ村防衛クエストの難易度は一気に跳ね上がる。

村人全員が魔物絶対殺すマン大集合ならば攻撃に回れるが、村には非戦闘員が多いので、どうしても防衛中心の対応になる。これでしばらく耐え、援軍を待つのが賢明だろう。

王都からの応援には、騎士の中でも精鋭の竜騎士がいる。彼らを中心にして、空中戦でブラッドウルフを蹴散らすのが一番現実的だ。

タニキ村防衛の方向性は決まった。

「まずは柵作り。あと櫓《やぐら》を設置して、ブラッドウルフの動向を注視しましょう」

村の地図を取り出しで広げたルクスは、柵のある場所を赤いラインで囲っていく。高さのある建物や、櫓を設置予定の場所に×印をつける。

今まで田畑中心に作業を行っていたが、村をぐるりと囲むとなると、連日の作業になりそうだ。

しかし、近くまで脅威が迫ってきている以上、悠長《ゆうちょう》に構えていられない。

「獣除けの薬は、夜中などこちらに不利な状況の時に使っていこうか」

パウエルが提案すると、ハレッシュも頷く。

「在庫は多くない。作れるのは婆《ばあ》さんだしな。だから助手に女手を入れよう。調合は料理に近いから、包丁で刻んだり材料を磨り潰したりする作業に慣れているからな……正直、俺はあーいうのは苦手だし、力のある連中は森で木材の搬入・柵作り・櫓設置に回してほしいからな」

柵と櫓は最優先の仕事だ。村に侵入されたら非常に危険である。

狼たちが薬を嫌って避ければ一番だが、それは楽観的な希望である。

「僕も薬を作れますよ。錬金術や薬学の授業で色々習っていますから」

シンが挙手すると、大人三人はじっと見つめて難しい顔になる。

「シンは土魔法が使えるから、櫓や柵の班に回ってほしいところだが……」

「薬師が足りていないのも、かなりキツイところだよね」

ハレッシュは作業の効率を訴えるが、パウエルも難しい顔だ。

魔法も調合も護衛もできるシンは、使い勝手がとても良いマルチ選手だ。無駄な役を振れない。

「獣除けの調合なら、私にもできるかと」

ならばと、学園の卒業生であるルクスが代わりを申し出るが、二人は首を横に振る。

ありがたい申し出だが、ルクスもシンと同じくマルチ選手だ。彼には彼にしかできないことがある。

「ルクス様には、王都との連絡や殿下の対応をお願いしたい」

「ダメって言っていても、あの王子様はコロッと忘れて飛び出していきそうだよなー」

パウエルに同意したハレッシュが苦笑しながら言うと、シンがしわくちゃな顔になる。

「それフラグですよ。言っちゃいけないやつですよ」

王都への対応だったら、パウエルも相応《ふさわ》しい立場だろう。しかし、彼はフィールドワーク派だった。村人を率いて作業の現場監督をする方が得意である。

ルクスは頭脳派なので、タニキ村の様子を把握《はあく》しつつ、王都からの伝令にもそつなく対応できるだろう。田舎領主のパウエルよりも顔も広いし、こっちの事情もあっちの事情も上手くくみ取りながら折衝《せっしょう》できるはずだ。

パウエルは悪い人間ではないが、その手の交渉が苦手である。以前に飛竜隊が来た時も、ガチガチに緊張して恐縮しっぱなしだった。

「今日はもう遅いから、明日から動こう」

パウエルが締めくくるように言う。シン、ハレッシュ、ルクスも頷いた。

明日からは忙しくなるのは確定である。しっかり休眠が必要だった。

◆

家に戻ると、うんうん唸りながら課題に取り組むカミーユと、彼を睨むように監視しているビャクヤがいた。

またやっていない課題があるのがバレたのだろうか。

カミーユはチョイチョイやり忘れがある。わからない部分を後回しにして先に進めたのはいいが、そのまま忘れっぱなしになるケースが散見されるのだ。それを目敏《めざと》く見つけたビャクヤにどやされ、尻を叩かれながら解いていくのは、割とよくある光景だった。

シンは趣味と実益を兼ねて積極的にやっているので、課題は真っ先に終わらせたし、ビャクヤもきっちりと計画的に進めている。問題は、やる気も学力も微妙なカミーユなのだ。

「ただいま。終わりそう？」

シンの問いに、ビャクヤが背を向けたまま答える。

「終わらせたる。追試勉強にまで付き合ってられるか」

「まだ決まっていないでござるぅ～！」

カミーユは口だけで抵抗するが、それもビャクヤの一睨みで黙らせられる。雉《きじ》も鳴かずば打たれまい。

「ふざけんな！　眼鏡の兄ちゃんに教わったところ以外ボロボロやったろ……って、なんで王族の紋章にカワウソを選んどるんや！　犬！　もしくは狼！　シルエットからして違うやろ！」

バァンと机を叩き、辞書並みに分厚いティンパインの王侯貴族名鑑（貴族の名前・家紋編）の、王族ページを見せつけるビャクヤ。そこにはティンパイン王家や、それに連なる王族分家が家系図付きで記載されている。

この図鑑はルクスからの大事な借り物なので、扱いは丁重だった。

「え、これカワウソでござるか？　ちょっと丸顔で耳が小さくて細長いとは思ったでござるが」

「だいぶ違う」

カワウソは犬や狼よりラッコやイタチ、ミンクに似ている。そもそも食肉目イタチ科の肉食動物であるので、食肉目《しょくにくもく》という大分類は一緒だが、かなり遠い動物だ。

カミーユのガバガバすぎる犬判定に、シンも呆れ顔になる。

「シン殿、遅かったでござるが、ピコに怪我でもあったでござるか？」

「いや、ピコは無事だったよ。でも、あの狼の毛をハレッシュさんに見せに行ったら、ちょっと大ごとになってさ」

シンの返答に、カミーユとビャクヤはなるほどと頷く。

二人もあの狼の正体は気になったようで、顔を引き締めて向き直る。

「あの狼が何だったかわかったん？」

「ブラッドウルフだって。タニキ村には滅多《めった》に出ないらしいけど、相当危険らしいよ。王都から討伐の応援を呼ぶって」

「アレを一般人が相手にするのは無理でござろう。賢明な判断でござる」

実際に襲われかけた二人としては、その脅威はまだ生々しいのだろう。険しい顔で大人たちの判断に納得した。

シンは本物を見ていないので、頭では危険と理解しても実感は湧いてこない。温厚なピコに一蹴される程度ならば、それほどの脅威とは思えなかったのだ。

しかしハレッシュの反応は気がかりだし、ルクスやパウエルの緊迫具合からして、タニキ村はここ数年なかった未曾有《みぞう》の危機に直面しているようだ。

「狼が村に気づいて近づく前に、明日から急ピッチで柵作りと資材調達、獣除けの薬を作ることになったよ。二人は護衛を頼まれると思う」

実際問題、タニキは幼子くらいの若年層と高齢層が多く、カミーユやビャクヤも戦闘員にカウントするくらい人手が足りてない。

「そりゃあ構へんけど、籠城でもするつもりなん？」

「女子供に老人と村人には非戦闘員が多いでござるし、妥当でござるな」

ビャクヤもカミーユも、その辺には理解があった。騎獣がなければ村を出るのも困難だ。この状況では一蓮托生《いちれんたくしょう》である。

タニキ村は自給自足がメインで、住宅より田畑の面積の方がずっと多い、鄙《ひな》びた集落である。

しかも、この時期は若者たちが出稼ぎに行っているので、一年のうちで最も人が少ない。彼らは収穫期が始まる晩夏から秋口、遅くとも冬の手前に帰ってくる。

村には農作業に必要なギリギリの人数を残し、それ以外は出稼ぎに行くのはよくあることだ。たまに都会の楽しさに我を忘れてそのまま帰ってこない場合もあるが、その後については自己責任である。

出稼ぎ組が冬場に戻るのは、タニキ村の周囲には冬季だけ現れるレアな魔物や魔獣目当てだ。それらの毛皮や剥製は高値で売れるのだ。

「僕は調合や魔法ができるから、ケースバイケースで動くことになると思う。一応、僕が村にいる時はグラスゴーを周辺の森に巡回させるつもり。狼やその餌になる動物、魔獣たちを近寄らせなければ、時間稼ぎになるはずだし」

グラスゴーはデュラハンギャロップで、戦闘能力の高い魔馬だ。運が良ければ、ブラッドウルフたちがグラスゴーの縄張りだと勘違いして避けていくかもしれない。

「しかし、シン殿。グラスゴーがブラッドウルフと遭遇したら……」

心配そうなカミーユの声音に対し、ビャクヤは淡々と述べる。

「狼どもがグラスゴーパイセンにぶっ殺されて魔石目当てに死肉を荒らされると思うんやけど」

グラスゴーならば狼たちの群れに襲われても返り討ちにするのは、三人の中で確定の認識だった。

ピコすら蹴散らすのだから、もっと強くて怖いグラスゴーなんか「なんやこの犬畜生亜種は」と、磨り潰す勢いで殲滅《せんめつ》するだろう。

シンの前では可愛《かわい》いポニーちゃんぶっているが、それ以外の前ではオラオラしているグラスゴーだ。カミーユたちの前でもとっても偉そうで、隠し切れない百戦錬磨《ひゃくせんれんま》の覇者《はしゃ》オーラが滲み出ていた。

「え……それ、僕がグラスゴー洗わなきゃいけなくなるじゃん。返り血くらいならいいけど、ノミやダニや寄生虫は嫌だな」

寄生虫は病気を媒介する場合もあるのだ。そもそも虫が好きではないシンには、寄生虫なんて論外で、心底嫌そうな顔をする。

（念のため、グラスゴー用のポーションをいくつか準備しておこう。相手は群れだし、怪我をしたら大変だ）

ビャクヤとカミーユも警備に回るのは了承したし、シンがどこへ行くかは、状況が明白になればパウエルかルクスが振り分けるだろう。

シンは寝る前に『異空間《いくうかん》バッグ』スキル内の薬草の在庫を確認し、獣除けの調合レシピをおさらいしてからベッドに入った。

◆

翌日からは大忙しだった。

早朝から領主のパウエルより伝令が届き、危険な魔物が村に接近していると全世帯に周知された。

村人は領主邸に集合し、それぞれに役目を割り振られる。

単独、および少数の行動を控える。特に山に入る時のルールが厳格になり、猟師や狩人などの獣や魔物を仕留めるのに慣れた者たちや、力のある男性たちが必ず護衛をすることが徹底された。

また、戦闘力が不十分な女性や子供は、そもそも村から出るのを禁止されている。

シンは年齢的には子供の枠に入るが、狩人としての腕前はタニキ村ではトップレベルである。優秀な騎獣もいるので、例外的に大人扱いとなった。

ハレッシュは戦いに不慣れな村人に武器の扱いを教えていた。

「シン！　僕はどうすればいい？」

ハイハイと挙手したティルレイン。何故かワクワクしている様子で、皆の緊張感を祭りの高揚感と一人勘違いしていそうだ。

「子供たちに遊んでもらっていてください。いや、それじゃ子供たちに利益がないから、簡単な文字の読み書きや計算を教えてあげてください」

どこにいても役に立ちそうにない、心に永遠の少年どころか嬰児《えいじ》が住んでいそうなロイヤル問題児を、シンはさらりと村の子供に押し付ける。

ティルレインとよく遊んでいるジャック、カロル、シベルといった子供たちはお留守番である。ルクスだって集団でいてくれた方が、居場所を把握しやすいはずだ。

しかしティルレインは、遊びのメンバーにシンがいないことに不満そうだ。

「シンは一緒じゃないのか？」

「僕は森について行って木材調達してきます」

「じゃあその後で！」

「その後はそのまま柵作りの手伝いです」

「えーい、それが終わったら……」

食い下がるティルレインだが、今回ばかりは誰も甘やかせない。シンも譲歩しなかった。

「獣除けの調合を手伝います。と言っても、その間に柵作りの素材や調合の素材の在庫がなくなるようなら、再度山に入って薬草や木材を採取してきます。ぶっちゃけ、その合間に休憩やら食事やらして、ぶっ通しで動き回るのは確定です」

「なんでそんなに忙しいんだー!?」

みっちり詰まったタイトなスケジュールを聞かされ、ティルレインは頭を抱える。

元ブラック社畜の企業戦士であるシンとしては、暗くなったら帰れるし、食事がとれる時点でオールクリアだった。

「人肉を好む狼の群れがすぐそこまで来ているからです。村のため、自衛のためにベストを尽くすのは当たり前です。今は時間との勝負だから、サボっている暇はないんですよ」

僅《わず》かな猶予《ゆうよ》の中で、なるべくやれることをやらないと相当マズい。

ブラッドウルフが来る前に籠城の準備を整えなければいけない。特に柵の設置は急務だった。

食料に関しては、村の敷地の内部にもいくつか畑がある。世帯ごとに自給自足用に持っているのだ。それに冬場ほどではないとはいえ、ある程度の保存食の備蓄はあった。

(余裕があれば山に入った時に獲物を確保したいな)

もしブラッドウルフの群れに村を囲まれたら、狩りができなくなる。

行商人だって、危険な魔物がうろついている集落は避けるだろう。そうなると、手持ちの食料を少しずつ消費するしかなくなるのだ。

「籠城することになったら、嫌でも近くにいる機会が増えるんですから」

シンはがっくりと項垂《うなだ》れているティルレインの頭を、ぺしぺしと叩いて宥める。

とめどなく流れる涙で美貌《びぼう》をまだらに染めるティルレイン。鼻水も一緒に流れていなかったら、とても絵になっただろう。

◆

シンはティルレインに説明した通り——否《いな》、それ以上に多忙だった。

状況によってグラスゴーやピコを乗り回し、あっちこっちへと駆けずり回る。

騎獣がいるのでスピードもあるし、森の中へ入れる枠に組み込まれているシンは、色々な人から声をかけられた。

伝言や資材の運搬など、行く先々で頼まれごとをする。

シンはそのたびにハレッシュやルクス、パウエルに伝言をしに行くし、そのついでに木材や薬草を必要な場所に配達する。

いくら弓の腕が良くても、単独行動は絶対禁止——ハレッシュにそう言われたので、今日ばかりは気ままな一人散策はできない。

タニキ村出身で、シンの狩りの師匠でもあるハレッシュ。彼は村人や領主たちからも信頼が厚く、村の防衛のリーダー的役割を果たしている。

午前中は木材の伐採と搬入をメインで行っていた。特に山に慣れた狩人が数人付いて、それに囲われる形で作業をする。

シンもこの集団に一緒についていった。ただし、木材調達ではなく、薬草や香草の採取をしていた。調合の材料を集めているのだ。

いつになく厳しい表情のハレッシュが、灌木の茂みからひょこひょこする頭に向かって声をかける。

「遠くに行くなよ？」

「わかってますよ～」

ハレッシュの過保護に苦笑しながらも、シンは返事をした。親心に近い気持ちで心配をされているのがわかっているので、無下《むげ》にはできない。

（あ、木苺みっけ）

手早く採取して、こっそり籠《かご》の中に入れていく。

（ハレッシュさんたちの分と……パウエル様。殿下とルクス様、ジーナさんたちにも差し入れしよう。あっちも大変そうだし。あと二人にも）

なんだかんだと渡したい頭数が多くなっていき、シンはせっせと木苺を摘む。

（生もいいけど、ジャムとかにしても美味しそう。ジーナさんのジャムは美味しいんだよなー。やっぱりまじりっけのない素材の味が活きているっていうか……既製品によくある添加物や保存料が入ってないからか、すっきりした味なんだよ）

そう考えているうちに、小さな籠に入っている木苺が山になっていく。

（あっちの方、いっぱいある。色も熟していて美味しそう――）

たわわに実った枝ぶりに誘われたシンは、ふらりと足を動かしていく。

作業する村人たちから離れていることに気づいていない。

その時、首根っこをがっしりと掴《つか》まれた。思考回路は完全に木苺一色だったので、全く気が付かなかった。びっくりして振り向くと、圧のある笑顔を張り付けたハレッシュがいた。

「一人で遠くに行くなって言ったよな？」


言い訳をする。

▼あやまる。

二つの選択肢がシンの頭に出てきて、すぐさま後者の選択肢を猛プッシュする。

「……ハイ。ごめんなさい」

「はあ……いつもの森だが、状況が違うんだ。しっかりしてくれ」

「すみません」

ずーるずーると首根っこを掴まれたまま、シンはハレッシュに連行される。

途中で草を食んでいたグラスゴーの背にひょいと乗せられ、そのまま帰路に就くのだった。

ティルレインに大人しくしているように言ったが、危機管理が足らないのは存外自分だったと気づき、シンは反省する。

せっかく、団体行動による防衛を図っていたのに、ちょっとの間とはいえ離れて行ってしまったのだ。もしあの場にブラッドウルフがいたら、真っ先にシンが狙われていただろう。

灯台下暗し。そして油断大敵である。

（うーん。ハレッシュさん、やっぱりピリピリしている）

それを差し引いても、ハレッシュの張り詰めた様子は気がかりだった。

他の村人たちも緊張感は漂っているが、ハレッシュは特にその傾向が強い。リーダーの役割を担っているにしても、一線を画している。

それもあってか、一度とはいえ油断していた姿を目撃されたシンに対する警戒の目は厳しくなった。シンが常にどこにいるか把握するという意思がビシバシ感じ取れるのだ。ハレッシュの視線がザクザク刺さっている。

村の中に入ったらさすがに警戒は緩んだが、これではどうもやりにくい。

「ハレッシュさん、張り切っているのはいいけど……なーんか変だよなぁ」

気になってはいたが、デリケートな事情の可能性が高い。シンの勘では、シリアスオーラがぷんぷんするのだ。

そんなことを考えながらシンが腕を組んで首を傾《かし》げていると、背後から迫る人物がいた。

「シン！　一緒にお昼食べよう！」

ぎょっとしながらティルレインを見るシン。完全に気づいていなかったので、思いっきり不意を突かれる形となった。

ティルレインの方は驚かすつもりはなかったのだろう。通常運転の天真爛漫《てんしんらんまん》な笑みがピッカピカに輝いている。

「うっわ！　ティル殿下か……いいですよ」

普段は鬱陶しいティルレインが、シリアスムードばかりの中だとありがたく思える。

「エイダお手製の猪のローストサンドだぞぅ～！　畑のお野菜もいっぱい挟んでボリュームたっぷり！　特製ソースがまた美味しいんだ！」

エイダ夫人――パウエルの妻にしてジャックの母親であるポメラニアン準男爵夫人《じゅんだんしゃくふじん》お手製のサンドイッチは、一個だけでも四センチくらいの分厚さがあった。

きっと、肉体労働をする夫のためにボリュームを重視した結果、これに行き着いたのだろう。

バスケットを掲げて鼻息荒く説明するティルレインの背後では、護衛の騎士たちが「うちの殿下がすみません」と申し訳なさそうにしている。

「でも、それって殿下の分だけじゃないですか？」

「問題ない！　ちゃんと二人分ある！」

ティルレインがドヤりながら答える。

「僕が捕まらなかったらどうするつもりだったんですか？」

シンは忙しい。会えない可能性も十分あった。

「ジャックかカロルかシベルかルクスやパウエルと食べる！」

そう言って、ティルレインはエッヘンと胸を張る。行動力は無駄にある殿下だが、それが役に立つことは残念ながら少なかった。

こんな状況でもいつもの明るさを損なわないティルレインを見ていると、シンの気分もなんだか上向いた。

ティルレインに誘われるがまま木陰に分厚い布を敷いて、シート代わりにする。

細い蔓《つる》のようなもので編《あ》まれたバスケットの中には、ティルレインの言っていた通り、肉も野菜もギッチリ詰まったボリュームたっぷりのサンドイッチが隙間なく並んでいる。

「そういえば、ハレッシュがどうとか言っていたが？　なんかあったのか？」

「いや、様子がちょっと変だなと」

ティルレインからサンドイッチを受け取ったシンは、毒味も兼ねて先にかぶりつく。

見ると、ティルレインもすでにサンドイッチを口にしていた。当然問題はないが、彼も一応王族だ。

「殿下、毒味とかいいんですか？」

「ふふーん、これは僕も一緒に作ったやつだから、絶対安全だもーん」

「えっ。それは別の意味で大丈夫なんですか？」

「失礼な！　僕だってやればできるんだぞぅ！」

煮たり焼いたり味付けしたりという工程があるならともかく、挟むだけのサンドイッチなど、そうそう失敗しない。

別にパンから焼いて、具材を調理したのではないはずだ。せいぜい、領主邸の人たちが用意したものを挟んだり塗ったりしただけだろうとシンは予想した。

さぞ微笑ましそうに見守られながら作ったであろうことは容易に想像がつく。

自慢していた通り、サンドイッチは美味しくできていた。それを頬張るティルレインは幸せそうだ。

「あ、それでハレッシュのことなんだが、知ってるかもしれないぞぅ」

「なんで殿下が？」

ティルレインがタニキ村に来たのは、シンより後だ。不思議半分、疑い半分で聞くと、ティルレインはあっさり答えた。

「パウエルとルクスが、以前あったタニキ村のブラッドウルフの被害や状況を話していたんだ。四、五年くらい前なんだが、はぐれ狼が出没したそうだ」

「僕が来るちょっと前ですね」

納得である。領主邸が主な作戦会議の場なので、耳にしてもおかしくない。その四、五年前の出来事が、ハレッシュには生々しい傷跡として残っているのだろう。

「ブラッドウルフは一匹だったから、被害は少なかった。それでも、死傷者は出たんだ。亡くなったのはハレッシュの妻子、怪我人はハレッシュとガランテ。ハレッシュの奥方は、子供と一緒に村近くの森で薪拾いと山菜を摘みに行っていたそうだ。そこで、飢えたブラッドウルフに襲撃された。悲鳴を聞いたガランテがジーナと一緒に駆けつけたら、血塗《ちまみ》れの親子が倒れていた。下の子は奥方が必死に庇《かば》っていたから、なんとか生きていたけど、それでも酷く噛まれていた。上の子は食い散らかされ、奥方は子供たちを守ろうとして殺されたらしく、かなり惨《むご》い跡が残っていたそうだ」

ティルレインが目を伏せて、食べかけのサンドイッチを見つめながら言う。

その表情はいつになく真剣で悲しげだ。きっと、幼くして消えた命と、まだまだ働き盛りだっただろう女性の凄惨《せいさん》な最期の姿を想像しているのだ。

「では下の子は？」

「治療もむなしく、その日のうちに息を引き取った。見つけた時点で、息も絶え絶えになっていたみたいだからな。上級治癒師《じょうきゅうちゆし》や薬師《くすし》がいないこの村では……」

最後の希望まで容赦なく潰していくスタイルである。

シンは結末を察していたものの、聞かずにはいられなかった。やはりというか、亡くなっていたようだ。

シンがタニキ村に来た頃にはハレッシュは男やもめで、一人暮らしていたのだから当然なのだが、どうしても釈然《しゃくぜん》としない――否、納得できなかったのだ。どうしようもない感情の置き場がない。

真面目に働き、慎《つつ》ましくも幸せだった親子の未来がこうも無残に断たれるのは、やるせない。

「しかも、その下の子の遺体から出る血に誘われ、ブラッドウルフはノコノコとハレッシュの家の近くまでやってきた。妻子を食い荒らしてもまだ足らなかったらしい――下の子の骸《むくろ》を漁《あさ》る目的だったんだろう。ハレッシュはブラッドウルフを討ち取ったが、戦いはかなり長引いたそうだ。途中でガランテや他の村人も参戦したが、ブラッドウルフは執念深かった。足は速いし、不利な状況でも遺体を狙い続けるものだから、かなり緊迫したらしい」

「なるほど、これが噂に聞く人の味を覚えた状態なんですね」

ぞっとする。

普通の動物なら、四面楚歌《しめんそか》の完全アウェイな状態になる前に逃げ出す。

だが、ブラッドウルフは血肉の味が忘れられず、自分が殺されるのも恐れず狙い続けたのだ。

（そりゃ、そんなんが集団でドンドコやってくるかもしれないとなっちゃ、ハレッシュさんもピリピリするな）

ハレッシュにしてみれば、恨みはてんこ盛りだが、トラウマもチョモランマ級なのだ。

そこでシンはふと気づく。

ハレッシュにとって、シンは亡き子供たちの穴を埋めてくれる、疑似息子的存在だ。だからこそ、彼はシンに世話を焼いて、狩りの仕方や穴場を教えたり、色々相談に乗ってくれたりしている。

（あああ～!! なるほどね！ そりゃあ目を離したくないわけだ!!）

ハレッシュの妻子は日中、彼がいなかった時間帯に襲撃された。もしあの時、一緒にいたら……なんて詮無《せんな》い話であるが、そう思わずにはいられないだろう。

その因縁のある人食い狼が近くの森で現れたというのにふらふらと集団から離れ、木苺に夢中になっているシンを見ていられなかったのもわかる。

少し目を離した隙にシンが物言わぬ状態になっていたら、トラウマの上塗りである。傷心レコードが大きく更新されてしまう。

シンだって黙ってやられるつもりはないが、相手は以前より規模が違う。多勢に無勢で不利に追いやられる可能性はあるのだ。

「だから、シンも気を付けるんだぞぅ。僕は剣も弓もろくに使えないから、絶対村から出ないけど、シンは色々お仕事頼まれているんだろう？」

「耳が痛い」

すでにやっちまった後である。

ティルレインの正論がシンに刺さる。いつもと逆の構図だった。


忙しかった一日が終わった。シンが家に戻ると、先に帰ってきていたカミーユとビャクヤが玄関前にいた。

柵作りの手伝いをしていたのか、ズボンやシャツに木くずがついている。

「お帰り。お疲れ様～」

シンがヒラヒラと手を振ると、二人は疲れの滲む顔でなんとか笑い返す。

「ただいまでござるー。お腹空いたでござるぅ～」

「つっかれたわ～。朝から晩まで肉体労働はなかなかにくるもんやね」

疲れたという言葉を表すように、ビャクヤの尻尾は元気なく垂れ下がっているし、耳もぺちゃんとしていた。

「今日は僕も疲れたし、適当なので済まそうか」

「せやけど、残りもんあんまなかったし、シン君も今帰ってきたばっかりやろ？　今から麺《めん》を茹《ゆ》でたり、パンを焼いたりするん？」

「マジックバッグに劣化防止のために入れている非常食を使う。あとで、旅先で食べる硬いパンあるじゃん。それとスープと、適当に肉を焼く」

とにかく疲れていて、料理に割く体力がなかった。

「簡単やあらへん。フルやん。それは簡単とは言わへんよ」

ビャクヤはすぐさま否定するが、シンとしては、最も時間を取られる作業がなくなるので、割と手抜きの部類になる。

いつもならジーナから貰った焼き立てパンか、適当に小麦粉に塩と砂糖と油を少々入れて練った自家製パンである。これが一番面倒だが、主食なので外せない。

スープは適当に野菜と調味料と肉を少し入れて煮ればいいだけだ。

スープを抜きにできないのは、硬いパンを噛むのが辛いから。あれを食べると翌日、三食柔らかい麺かオートミールで済ませたくなるくらい顎《あご》に負担がかかる。

それだけではボリュームが足らないし、夜中の変な時間に空腹で起きそうだから、成長期の体に肉のパンチとボリュームは必須だ。

そんなわけで、これらは質とボリュームをぎりぎりで攻めた手抜き飯なのだ。

「シン殿～！　竈《かまど》に火を入れたでござるよぅ～！　追加の薪《まき》も取りに行くでござるから、消えないように見ていてほしいでござる～！」

カミーユは先に家に入って、さっさと準備を済ませていた。

勉学はいまいちだが、こういった体を動かすことは得意である。火つけ然《しか》り、薪割り然り――体では覚えられるが、脳では覚えられない。

「おー、サンキュな」

シンは本当に疲れていたので、ありがたかった。

「お礼より、肉は多めで頼むでござる」

シンの言葉に、イケメン顔をキリッとさせて残念なことを言うカミーユ。

「……スープに鳥一羽丸ごとぶち込んで、魚はソルトバスも焼くか」

火を通すのには時間がかかるが、出汁《だし》もとれるし、ボリュームはかなり増える。鴨《かも》でも雉でもホロホロ鳥《ちょう》でもストックがあるはずだ。

狩った時期は忘れたが、劣化知らずの異空間バッグにしまってあるから問題ない。血抜きなどの下準備は終わっている。

「太っ腹～！　やった～！」

シンの言葉に、カミーユはぴょんぴょんと跳ね回って、全身で喜びを表現する。

それを仕方がないような、生温い視線で見つめているビャクヤ。彼はカミーユがシンの手の平でいいように転がされ、餌付けされていると理解している。

「ええの？　奮発してやって」

ビャクヤがひそひそと声を潜めて話しかけてくる。

籠城戦が待っているのに、と案じているのだろう。

「疲れた時には肉だよ。魚も食べたい気分だったし、明日もあるから栄養とっておかなきゃ」

「確かになぁ。体が資本や——で、何かあったん？」

ビャクヤは目をゆるりと細め、はんなりと笑みを浮かべる。

シンがいつもとちょっと違うと気づいている——察しの良い狐である。

「あったはあったな。僕だけじゃなくて、二人ともハレッシュさんのストライクゾーンに入ってていそうだから、言っとくべきだしね」

シンの言葉に、ビャクヤは怪訝そうな顔をする。

「は？　ストライクゾーンって……俺らを狙ってんの？」

「いや、変な意味じゃないよ。奥さんも子供もいたんだし。ゾーンはゾーンでも、トラウマのストライクゾーンってこと」

トラウマという言葉に、ビャクヤは眉をひそめる。

「なんやそれ。物騒《ぶっそう》な」

「メシの後で話すよ。家に入ろう」

家の裏から「にーく！　さかな！」とテンション高く薪割りをするカミーユの声が聞こえる。

ガッコンガッコンとリズミカルに斧《おの》を振るう音も一緒に響いて、ちょっとおもしろい。

底抜けに明るく嬉しそうな声が、空気を緩和《かんわ》させてくれるのが、シンにはありがたかった。

ビャクヤは片眉を上げて、少し口をへの字に曲げている。

へこたれていた耳がいつの間にかピンと上に伸び、神経質そうにぴくぴく動いていた。

奥さんも子供もいた――いるではなく、いた。現在進行形ではなく、過去形になっている。それだけで、シンの言わんとしたことを察してしまったのだ。

（あのおっちゃん、結婚していてもおかしくない年齢……それこそ、俺らの年齢の子供だって）

自分の察しの良さに少し後悔しながらも、ビャクヤはシンの後ろについていく。一人何も知らないで、楽しそうなカミーユに苛立ちとも同情ともいえない妙な気持ちを抱きつつも、口を噤《つぐ》むのだった。

シンとビャクヤの会話は立ち消え、夕食の準備に取り掛かる。

何も知らないカミーユは、ドドンとスープの中に鎮座《ちんざ》する丸ごとの雉に目を輝かせている。臓物《ぞうもつ》を抜いたところに香草や野菜を詰めて、臭い消しと旨味をプラスしている。

野生種は家畜化された鶏よりも独特の風味や癖が強い。

それも美味しさの一つだが、好みが分かれるところだ。カミーユとビャクヤは気にしないだろうけれど、自宅だし、時間も材料もあるのだ。ちょっとしたひと手間で味がかなり良くなるのだから、やらないという選択肢はシンの中にはなかった。

「はあぁ～、持つべきものは料理ができる友人でござるなぁ～」

カミーユはスープに浸かっている肉をうっとりと眺める。

同じく料理ができる友人であるビャクヤは、冷たい目でそれを監視していた。この腹ペコワンコは、時折欲望に負ける。悪い手は容赦なく引っぱたく所存である。

「つまみ食いしたら、お前のスープから肉を抜く」

カミーユを見ようともせず、冷徹なシンの一言。その手はてきぱきと動いている。

メインはなく、溶け出した旨味だけとは、あまりに残酷な宣告である。

カミーユはびっくりして飛び上がり、後ずさった。恨みがましくシンを見るが、その背のオーラが「邪魔すんならどっか行け」と訴えている。カミーユはすっかりしょげて、すごすごとさらに下がった。


そんなカミーユが頑張って割った薪を存分に使い、晩餐《ばんさん》は完成した。

外はとっぷり日が暮れていた。窓から深い藍色の空と、輝く星たちが見える。

丸まる一羽使ったのでスープに時間を食ってしまい、思いのほか遅くなった。

だが、待たされたカミーユもビャクヤも文句は言わない。それぞれ美味しい肉のためとか、重たい話の前に英気を養いたいなどという理由である。

「いっただっきまーす！」

カミーユがさっそく魚にかぶりつく。スープは湯気が立ち上り、すぐに食べるには難しいと判断したのだろう。魚は大体火が通った後、少し火から離して焼きすぎず冷めない距離をキープしていたので、食べごろの温度である。

ビャクヤはスープをふうふうと息を吹きかけてから、ゆっくりと啜った。

シンもパンをスープに浸してから口に運ぶ。

窓からひんやりとした山風が吹き抜け、真夏だが肌寒いくらいだった。

（雨が降るかもな。風が少し湿っている）

そう思い、シンはふと席を立って窓の外を見た。目を凝《こ》らすと、遠くの空が濁っていた。星もなく暗く見える。

「どないしたん、シン君？」

「いや、もしかしたら明日の天気が荒れるかもな〜って」

ビャクヤとカミーユは揃って顔をしかめた。

騎士科は雨天でも野外授業をすることがあるので、雨の煩《わずら》わしさを知っている。

張り付く髪や衣類、濡れて寒くなる体と、ぬかるんだ地面の危険さも身をもって味わっているのだ。

「そりゃアカンな。まだ木材も足りとらんのに」

「そうでござるな。明日は今日よりも少し深い所に行く予定でござる。ハレッシュ殿は近場で済ませたそうでござるが、難しいでござるよ」

「だよなぁ。近くにある目ぼしい木材って、すぐ伐採しちゃうし」

シンもその言葉に頷く。誰だってリスキーで疲れる遠方より、近場で済ませたい。

カミーユがハレッシュの話題を出してきたので、ちょうどいいと、シンは席に戻った。

「お前ら、絶対怪我するなよ。無茶したらダメ。家主命令」

「わかっとる」

やらかしたりしない限り出ない家主命令を受け、不思議そうにするカミーユ。それをしれっとスルーし、ビャクヤは頷く。

「なんでござる？　なんで二人わかり合っている感じでござる？」

普段は空気の読めないカミーユが、珍しく勘付いた。シンとビャクヤの二人を交互に見ながら不安そうに聞いてくる。

ビャクヤがこくんと頷いたので、シンも口を開いた。

「ハレッシュさんさ、結構いい歳なのに一人暮らしじゃん？」

「そうでござるな」

だからなんだと言わんばかりに、カミーユは首を捻る。

ご縁のない人は男女問わずいる。本人や家の問題だったり、タイミングが悪かったりと、色々事情があるのだ。だが、シンはそういうことでくだらない茶々を入れないし、蔑《さげす》みもしないタイプだ。

「殺されてんの。ブラッドウルフに妻子を。生きていたらそのお子さんの年齢は、僕らとドンピシャなんだよ。ハレッシュさんのトラウマ増やしてほしくないから、絶対に危ないことはダメ」

「うぇえええ⁉」

シンの暴露に、カミーユは真っ青になった。驚愕《きょうがく》のあまり手にしていた魚の串焼きを落としかけたので、ビャクヤはさっとお皿を差し出して、これをキャッチする。

「しかもすっごく精神的に抉られる死に方しているから、マジで、本当に、気を付けるように」

「ひょえええ⁉」

青ざめたまま裏返った悲鳴を上げるカミーユだった。

シンもビャクヤも、最初に聞いた時は似たような気持ちだったので、よく理解できる。

「ハレッシュさん、恩人なんだよ。根無し草だった僕に声かけてくれて、タニキ村に住まわせてくれた。だから、その人が悲しむようなところは見たくない」

シンが珍しく懇願するように言うので、カミーユも頷いた。

だが、暴露された衝撃が強いのか、落ち着かずおっかなびっくりしている。

「そういえば、シン殿は元流民？　旅人なのでござるか？」

「……今だから言うけど、テイラン王国のくっだらない人探しに巻き込まれて誘拐されたんだよ。アイツらのせいで、僕は帰れなくなった。拉致《らち》しておいて人違いだからいらない、ポイッてな。今よりガキだった僕をはした金だけ寄越して捨てたんだ」

異世界人だと教えるのはやはりハードルが高いので、シンは少し話をボカした。

二人を信用していないわけではないが、芋蔓式《いもづるしき》に神子であることや、異世界召喚のこと、女神たちとの関係を言わなければならなくなる。そこまで聞かせると、二人に自由がなくなる可能性がある。口封じはされないと思いたいが、騒ぎになることは明白だ。

なので、シンは嘘《うそ》ではないが、多少誤魔化した真実を言った。

少し疑われるかと思ったが、二人の反応は違った。

「うっわ……あの国、めっちゃそういうことしそうやなー」

「その手の話は数年に一回は聞くでござるな。愛人探しだの、特殊スキル持ち探しだの、王や王子の御落胤《ごらくいん》探しだの」

　テイランは二人の祖国だが、その蛮行を全く否定しない。

　貴族でも立場が良くないヤンガーサンや、過去に軋轢《あつれき》のある獣人は、ティンパインに来てから、改めて祖国の杜撰《ずさん》な統治や我儘《わがまま》な為政者に気づいていた。

「カミーユ、その愛人探しってあれか？　大公だかが自国の普通の女は飽きたからって、亜人系に走った例のやつやろ？」

「知ってるでござるか？」

「当たり前や。高級奴隷《こうきゅうどれい》にエルフを欲しがる貴族はよくおるけど、その大公は守備範囲がバリ広で、ドワーフだろうが人魚だろうが……って話や。集落単位で焼き討ちして、外見が十歳以上二十歳以下の女ばっかり集めたってのは、噂で聞いたことあるで。俺らも狐の獣人やから、ヤバかったんやぞ。俺男やし、そん時はハナタレ小僧やったから殺されかねなかったんや」

　思い出したのか、ビャクヤは両腕にできた鳥肌をさする。

「え？　それ数年前ってことは、まだ生きているの？」

　生きていたら嫌だ。シンは質問の中にそんな本音《ほんね》を駄々漏れさせていた。

「いや、確か蛇獣人に似た魔族だかにまで手を伸ばして、精気をカッスカスに吸い取られて腹上死したって聞いたでござる」

「凄い自業自得」

　それにはシンも呆れるしかない。色狂いの爺《じじい》にとって、ある意味本望だろう。

だが、ビャクヤはカミーユの話に首を捻る。

「え？　俺は女に刺されて死んだって聞いたで。正妻がブチギレてメッタ刺しにしたんやなかった？」

「それもヤバいな」

ドン引きするしかないシン。どっちにしても凄惨である。

「テイランは男尊女卑《だんそんじょひ》が多いでござるゆえ、女性側が一度キレると凄いことが起きるでござるよ」

我慢して、溜まりに溜まった鬱憤《うっぷん》が爆発するという。そんでもって、高位貴族の男性——特に当主ほど女にだらしない者が多いという。英雄色を好むというより、富と暇を持て余したエロ爺大量発生である。

テイランはほぼ壊滅状態の国とはいえ、同情が一切ない。評価の駄々下がりが止まらないのがこの国の実情を表している。

会話は途切れることはなく、結果として夕食は和《なご》やかに終わった。

三人は「無理をしない。命大事に」の方針を胸に刻み、翌日から行動するようにと互いに言い聞かせた。

第三章　厳戒態勢

ブラッドウルフの報告から一週間経った。

タニキ村の危機に、村人たちが迅速《じんそく》に行動したこともあり、無事に柵は出来上がった。ぐるりと囲う木製の柵は先端が尖《とが》っており、よじ登っても無傷で乗り越えるのは難しい。

見張りに使う櫓もいくつも建ったことにより、長閑《のどか》な村の風景が騒々《そうぞう》しく見える。

狩人は常に弓矢を携《たずさ》え、普段は鍬《くわ》を振るっている農夫たちは、長い棒や剣を腰に提《さ》げている。女性たちが井戸端会議に興じたり、子供たちが元気に走り回ったりする姿は、日を追うごとに少なくなっていく。

目に見えない緊張感が、村中に張り巡らされていた。

同時に、備蓄を増やすなど、長期の籠城に向けての動きも進んでいた。

普段ソロで行動することの多い人も、この時ばかりは集団行動だ。

ブラッドウルフは群れるので、一人で遭遇すれば袋叩きにされる。

シンは主にハレッシュや、カミーユ、ビャクヤと行動していた。稀に聖騎士のアンジェリカと一緒に行動することもある。

「シン様、本当に気を付けてください。ブラッドウルフはとても危険なのです！」

二人きりで村の周辺で採取をしている時、アンジェリカは心底心配そうに言い募ってきた。

本来はシンの護衛である彼女は、気が気じゃないのだろう。それでも、今すぐ村を捨てて逃げろと言わないあたり、シンのことを理解している。

アンジェリカにとって、それが最大の譲歩である。本当なら四六時中シンに張り付いていたいくらいだった。

「……本当に危険になったら、竜騎士による空路避難も検討されているそうです。シン様を救助したのち、村人たちも、村を諦めていただくしかありません」

「命あっての物種だしね……」

「本来ならすでに竜騎士たちが到着しているはずだったのですが、王都の天候が良くないらしく、出発が遅れています。悪天候により、鳥類による文書のやりとりにも影響が出てしまっているのです。伝令に滞《とどこお》りがあるようで、ここ数日は便りがない状態。くれぐれも警戒が必要です」

アンジェリカが気を揉むのも無理はない。

頼みの綱である王都からの援軍は遅れていた。

ワイバーンは雨風などものともしないが、竜巻や雷雨、暴風雨の中だとさすがに飛べない。

かといって、悪天候を迂回《うかい》するのは、長距離になりすぎる。村に着く前に騎獣も騎士も疲弊してしまうので、天候の回復を待ってからの出発となったそうだ。

（正直、村人の戦力だけじゃ不安だもんな。早く到着してくれりゃいいんだが……）

シンの憂慮《ゆうりょ》はアンジェリカも同じなのだろう。

村人だって、自分たちが戦闘の素人なのは理解している。援軍が到着しない中、パウエルは気丈に振る舞っているものの、ふとした時の表情は暗い。

鍛えられた軍人の騎士でも、ずっと緊張しっぱなしはきついのだ。一般人である村人たちはなおさらである。この状態が長く続けば、村の空気は悪くなるだろう。

そんな時、村の緊急事態を知らせる鐘が響き渡った。

ガンガンガンと打ち付ける音が、村中に届く。

高い櫓に取り付けられている鐘が鳴らされているようだ。

お世辞《せじ》にも心地よいとは言えない、鼓膜《こまく》の奥まで貫くような忙しない音は、嫌でも耳に残る。

幸い、シンとアンジェリカは村の近くにいたので、すぐに戻れた。ブラッドウルフを警戒し、村の周囲は柵が巡らされているし、出入り口は限られていた。シンたちが村に入ると、安否を心配していた村人たちは一様にほっとした顔になる。

その中に、ハレッシュがいた。

「村の外に出ていたのは、お前たちが最後だ」

ブラッドウルフを警戒し、近くであっても村の外に出ていく者は少ない。

シンは採取や狩猟の成果物の持ち帰りに便利なマジックバッグや異空間バッグを持っているので、外に出ることができない村人に代わって、薪や食料を小まめに集めていた。

「そうですか。あれ？　でもまだ鳴ってますよね」

櫓からはまだガンガンと鐘を打ち付ける音がする。バケツほどの大きさの鐘を、木槌で絶え間なく打ち付けていた。鐘を叩いている人ともう一人の見張りが、同じ方向を見て、指を差したり指示を送ったりしている。

シンの疑問に、同じように櫓を見上げながらハレッシュは答える。

「別の集落の連中がこっちに向かっているみたいなんだ」

ハレッシュの声は低く、表情も険しい。

シンはピンとこなくて首を傾げる。物々交換や、親戚や友人に会うなどの目的で、近隣の村人がタニキ村に来ることは珍しくない。

「弓を使える奴は櫓や屋根に上がれ！　ブラッドウルフに追われている！　弓でも投石でもなんでもいい！　とにかく援護するんだ！」

櫓の一つに登っていたパウエルが、大声で指示をする。

そこまで言われて、ようやくシンも状況がわかった。

（襲われたんだ！　狼たちはタニキ村じゃなくて、隣村を狙ったのか！）

一応、近隣集落には連絡はしてある。

だが、緊迫した状態にあるのはタニキ村だった。ブラッドウルフの目撃情報や、実際の被害者もタニキ村からしか出ていない。だから急ピッチで柵や櫓を造り、警備態勢を構築していた。

隣村も警戒していたが、距離的に猶予があると思っていたはずだ。

頭ではぐるぐると目まぐるしく考えながらも、シンは櫓に登る。

あり合わせのものより自前の弓がいいと判断したハレッシュは装備を取りに行き、アンジェリカも伝令のために領主邸に向かった。

入れ違いに、何人かの狩人や騎士たちがこちらにやってきている。

幸い、シンの弓矢は魔弓である。魔力を通せば起動するので、いち早く援護できるだろう。

櫓からも投石で援護をしているが、即席で粗末な造りなので届かない。

シンが櫓の一番上から見渡すと、数頭の馬がたくさんの赤い狼に追いかけられているのが見えた。馬も人も、死に物狂いで逃げている。

逃亡者の半数以上が、逃げるだけで他に手が回っていない。先頭としんがり以外は馬にしがみつき、手綱を握るだけで精一杯の様子だ。

「当たれ！」

シンは魔道具のグローブから魔力の弓矢を起動して放つ。

一番馬に近づいていたブラッドウルフの鼻先を貫いた。激痛に「ギャン！」と高くも恨めしい悲鳴を上げて、狼が後方に転がる。

それを喜ぶ時間などない。ブラッドウルフの数は多いのだ。タニキ村の門は、隣村の人を受け入れたらすぐに閉められるように、男性陣が構えて待っている。

（一緒にブラッドウルフが入ってこないように、逃げている人との距離を広げなきゃ）

殺すより、確実に負傷させて足を遅らせることを優先させた方がいい。仕留められれば御《おん》の字《じ》だが、生死に拘《こだわ》っていられるほど余裕はない。

そう思いながらも、シンはどんどん矢を放っていく。

高濃度の魔力の矢は容赦なくブラッドウルフの体を貫いていった。射程距離がとんでもなく長いうえ、命中率も半端ない。

シンの容赦ない仕留めっぷりを見て、カミーユが若干青い顔で引いている。

その呆《ほう》けた後頭部を、スパンと引っぱたいたのはビャクヤだ。

「よそ見せんと、前を見んかい！　村に一匹でも入れば、大問題やで！」

「了解でござる！」

ようやく自分の射程内に来たので、カミーユとビャクヤもブラッドウルフへ矢を放つ。

シンが仕留めたそばから、ぞろぞろと新手が出てくるのできりがない。

大きな群れだということはある程度想定はしていた。赤い集団が草の陰から、木の陰からどんどん出て、数を減らしたはずの群れに合流して、あっという間に数が戻る。その光景はやる気を容赦なく削いでくるが、ここでくじけるわけにはいかない。

「蟻《あり》か！　それとも一匹いたら三十匹とか百匹いるとか言われるアレかよ！」

一息つく暇もない大増援に、シンが思わず吠える。

それでも目は敵を追い、手は忙しなく動いていた。雨霰《あめあられ》とばかりに矢をお見舞いして、叫んでいる間にも数を減らしている。

シンは魔力さえあれば矢はいくらでも補充できる。保有魔力が多く、余力は十分ではあるが、いかんせん襲撃者の数が多いので終わりが見えない。

「馬が入ってくるぞ！　上の者は閉めるタイミングで合図を送って！」

馬上の人たちの顔がはっきり認識できる距離になり、パウエルが声を張る。その顔は緊張で強張っている。

彼としては、なんとしても全員助けたいところだろう。だが、ブラッドウルフが雪崩れ込むようなら、後続の人間は見殺しにしなければならない。

「弓を使える者は切らさず威嚇射撃を！　迎撃に備え、戦える者はみんな武器を持て！　女子供、老人たちは領主邸に避難したな!?　俺たちの村は俺たちで守るんだ！」

パウエルの声を追うようにハレッシュも指示を飛ばす。

近場に武器を準備していたのか、すでに現場に戻ってきていた。櫓にどんどん登っていく。

元騎士であるハレッシュはさすがと言うべきか、激励の仕方をわかっている。彼に鼓舞《こぶ》され、村人たちの顔も引き締まる。ブラッドウルフの数に怯《ひる》みかけていた者も、気持ちを持ち直した。

タニキ村総出で迎撃をしたこともあり、ブラッドウルフの中には襲撃を躊躇《ためら》うものもいた。

だが、一匹だけ体の一際《ひときわ》大きなブラッドウルフがいて、体に矢が刺さろうが、石が当たろうが構わず馬を――人を貪欲《どんよく》に追いかけている。手足にも矢が当たっているから、走るたびに血痕《けっこん》が残る。

それでもその目は狂おしく人間を見つめ、涎《よだれ》を垂らしながら追いかけている。

ブラッドウルフは一度人の血肉の味を覚えると執着するという。

（そーいうことかよ……！）

一方的に攻撃しているだけだというのに、シンはその執着心に寒気を覚えた。

聞きしに勝る悍《おぞ》ましさだ。

すぐ後を追われている人たちは、もっと怖いだろう。

「僕があのデカいブラッドウルフに集中砲火します！　他のは頼みます！」

動物ではなく魔物であるブラッドウルフは、毛が硬い。体も頑丈で、普通の矢では効果が薄いようだ。それを貫通するほど威力のある矢が放てるのは、シンだけだった。

「わかった！　頼んだぞ！」

シンの提案に、ハレッシュが頷いた。

自分から言い出したものの、ブラッドウルフは隙あらば馬上の人間を狙うので、仕留めにくい。人も馬も狼も動いているので、狙いは定めにくかった。人にはかすっただけで大惨事になるので、高火力の魔矢を撃てないのも面倒だった。

地道に手数でダメージを稼ぐしかない。

（なんつータフさだよ！）

すでにブラッドウルフの手足には何本も追加でお見舞いした。貫通しているのに、その足取りは緩まず、怯む気配がない。

シンは舌打ちを堪え、焦燥感を抑え込む。焦って狙撃の命中度を下げれば元も子もない。

目的はブラッドウルフを仕留めることではなく、村人を助けることだ。

自分を落ち着かせるため、シンは一度大きく息を吸って、ゆっくり吐き出す。

次にシンが番えた矢は、まるでギロチンのように大きかった。

「シン殿！　何する気でござるか⁉」

シンは鏃《やじり》が錨《いかり》のようなサイズの魔矢を、放つというより落とすという角度で構えている。

「ギロチン。首だろうが胴だろうが、真っ二つにすれば死ぬだろ」

「やったれやったれ！　あのブラッドウルフ、ゴキブリよりしぶとそうや！」

ビャクヤが殺意の高いやったれコールを上げる。

騎士科コンビはうぞうぞときりがなく湧いてくるブラッドウルフに、精神的にかなり追い詰められているようだ。

そんなやりとりの間にも、一番先頭の馬がタニキ村の門をくぐった。

門は上からも閉じられるが、左右からも閉じられる。どちらかが壊れても動くように、二重構造にしたのだ。

一頭目に続き、後続がどんどん入ってくる。それに追従しようと、ブラッドウルフが駆ける。一際大きなブラッドウルフはめげない。スピードを落とさず、しんがりの馬の尻にかじりつきそうなほど肉薄してきた。

「させるか！」

空気を切り裂く音と共に、特大の矢が放たれる。

巨大な鏃が大きく開いた口を分断し、顎《あぎと》が真っ二つになる。大きなブラッドウルフもさすがに絶命するが、かなりの速度で走っていたので、門扉にその巨躯《きょく》が挟まった。

（しまった！）

そのブラッドウルフは仕留めたが、死体のせいで門に隙間ができた。

村人たちが必死に閉門しようとするが、巨大な狼の骨は頑丈で、なかなか閉まらない。

当然、その絶好の機会を逃すはずもなく、他のブラッドウルフたちが捨て身の勢いで詰めかけた。

さすがに全部は無理だったものの、小柄で若い個体が滑り込もうとする。シンをはじめとする弓を扱う者たちが、これに集中砲火を浴びせて阻止する。

無数の矢を受け、ブラッドウルフはハリネズミのようになって絶命していくが、のたうちながらも中に侵入しようとするその執念に、何人かが腰を抜かしていた。

（ブラッドウルフたちを足止めして、死体をどうにかしなきゃ……！）

シンは火の魔法を宿した矢を作る。門を守るように半円状に撃ち込み、火柱を発生させた。それがたくさん集まれば、炎の壁となる。

突如現れためらめらと燃え盛る炎に、ブラッドウルフたちは躊躇うように周囲をうろついた。シンはそれを確認して櫓から下りる。

「どいてください！」

そして、両手で地面を叩き、同時に魔力を注ぎ込んだ。

シンの意思に呼応するように地面が動き、底なし沼のようにずぶずぶと死体を埋めていく。

障害物のなくなった門はようやく閉じ、周囲からは安堵《あんど》と歓喜の声が漏れる。

「シン殿！　外のブラッドウルフたちも退《ひ》いたでござる！」

「諦めたの？」

顔を出したカミーユの報告を聞き、深々と溜息をついたシンは、ずるりと座り込む。ドッと疲れが出てきた。

だが、ハレッシュがその安堵に水を差す。

「アイツらはそんなタマじゃない。先に落とした村で逃げ遅れたのがいないか、探しに行ったんだろう。また来るぞ」

その残酷な断言に、シンだけでなく周りも青い顔で呻《うめ》いた。

そんな中、大量の矢を担いだアンジェリカが戻ってきた。

かなり重かったようで、追加の投石用の石を引いてきた馬と一緒に肩で息をしている。

ありがたく補充として使わせてもらうこととした。一度ブラッドウルフたちは退いたが、またいつ来るかわからない。

アンジェリカは間に合わなかったと悔しがっていたが、狼たちに居座られていたら、これらの補給品はもっと必要になっただろう。緊急時でも、次のことを考えて行動したアンジェリカは立派である。何はともあれ、隣村から逃げてきた村人は無事に保護できたし、ブラッドウルフの襲撃は退けたのだった。

◆

それからはまた忙しかった。柵に異常がないか点検したり、弓や投石の訓練場を作ったり、投石をしやすくするために石弓をもっと多く設置したりと、今回の襲撃で得た教訓をもとにさらに設備を充実させた。

領主邸では、バーチェ村から逃げてきた人たちを保護することになった。

タニキ村に辿り着いたのは僅か五頭の馬と八人の村人。彼らが村を出た時はこの三倍はいたが、どんどんブラッドウルフに襲われて、ここまで数を減らしてしまったのだという。

先頭で道を切り開いていたのはバーチェ村でも腕の良い狩人で、広く土地勘があったから、案内人となった。そして、しんがりを務めていたのは村長の息子だという。村長本人は逃げている途中でブラッドウルフの餌食になったそうだ。

その日の夕方、竜騎士たちが村にやってきた。

竜騎士から「道中、近くの村が赤い狼に蹂躙《じゅうりん》されていた」と聞いたバーチェ村の人々は、崩れ落ちてむせび泣いた。方角や特徴からして、自分の村だと認めざるを得なかったのだろう。

馬にすら乗れない病人や老人は、村に残って家に立て籠もったそうだが、生存は絶望的である。

予想を上回るブラッドウルフの数と、獰猛な残虐性《ざんぎゃくせい》。それを肌で感じたパウエルの顔は深刻だ。

領主邸で非戦闘員たちを纏めていたルクスは、重々しく口を開いた。

「状況は思ったより悪い。この村も捨てなければならないかもしれません」

「ええ、籠城するにも限度がある。急ごしらえの柵や門でどれだけ持ち堪えられるか……」

パウエルとしては生まれ育ち、自ら開墾《かいこん》した土地も少なくないタニキ村への想いはひとしおだ。

だが、村人たちの命には代えられない。

今回のブラッドウルフの猛攻は、バーチェ村の襲撃とは違って、ついでや成り行きのようなもののはずだ。それでもあの勢いだ。

「なあ、その狼を倒す方法はないのか？」

ティルレインが不安そうに聞くと、ルクスが苦笑する。

「純粋な戦力としては、こちらが圧倒的に不利。あれだけ大きな群れであれば、強力なリーダーがいるでしょう。統率も取れていたので、逆にそのリーダーを仕留めれば、光明《こうみょう》は見えるはずです」

人間を食べたことのあるブラッドウルフはしつこくやってくるが、その行動はかなり猪突猛進だ。執着心は強いものの、頭が回るというわけではない。とはいえ、魔物だけあって肉体的なポテンシャルは高い。

人の味さえ覚えなければ、獣除けの香なども効果を発揮するが、今回のブラッドウルフの群れは隣村で多くの犠牲者を出したので、人の味を覚えた個体も多いだろう。

実際のブラッドウルフは予想以上の脅威だった。悠長に籠城なんてしていられない。

「正直に言えば、柵だけでは心許《こころもと》ないと言わざるをえません。あの程度の妨害、門に挟まった個体と同等の大きなブラッドウルフであれば、少しの助走で飛び越えられる個所もあります」

ルクスの言葉にハレッシュも同意する。

「そうだな……前に流れてきたはぐれ者のブラッドウルフの比じゃねえ戦力だ。あれでリーダーじゃないってんだから、ぞっとする」

シンが魔弓ギロチンを食らわせた、村まで来た狼の中でも大きな個体。雑兵狼《ぞうひょうおおかみ》よりは上の立場ではありそうだが、群れのリーダーの可能性は低いという。

ブラッドウルフのリーダーは基本後方にいて、戦況を見ている。先兵を務める若い狼たちに狩りをやらせ、仕留めた獲物を真っ先に食う、言わば重役出勤なのだ。

群れを統率する役目なので、真っ先に仕留められては困るのだから当然だ。

そして、今回リーダーらしき個体は判別できなかった。

「しかし、柵をさらに高くするにしても、材料に限度があります」

「堀でも造りますか？　土魔法でその周囲を掘り下げるか、ボッコボコにするとか」

「シン君、それは俺らにも不利になんねん。凹凸《おうとつ》がやたらあれば、死角が増えるやろ。あっちはスピードあるし、暗い場所に強い。夜中に潜まれたら厄介や」

シンは堀を作るという意見を出したが、ビャクヤはこれに否定的だった。

凹凸を利用し、逆に矢の雨から逃げるように動かれても困る。

そもそも柵の外に出るのは危険だ。そうとなると、魔力持ちが遠隔で土を操作するしかないのだが、その役目を担える人員は少ない。

リスクと労働力を考えると、平たいままで見通しを良くしておく方が、警戒もしやすい。

重くなりつつあった空気の中、ルクスが挙手した。

「提案です。私が主導する形で、結界を構築するというのはどうでしょうか？」

結界——随分《ずいぶん》魔法的なアプローチである。シンは首を傾げた。

その存在はシンも書物で見たことはあるし、こっそりと使用したこともある。とはいえ、シンは冬場の寒さしのぎに使ったため、吹雪《ふぶき》で視認できなかった。

実物を目にしたことがないので、シンの中ではゲームやファンタジーな漫画や小説のイメージしかない。

「結界って、魔法のバリアっていうか、障壁？　ですよね？」

シンの言葉にルクスは頷く。

ブラッドウルフの殲滅が難しい以上、籠城しつつワイバーンを使った空路での脱出が最も堅実だろう。

「ええ、結界もピンからキリまであります。魔物を遠ざけるもの、風よけや雨よけ程度にしかならない結界から、魔法や武器を弾く鉄壁と言える結界もあります。最終的にこの村を出ることになっても、守りを疎《おろそ》かにはできません。人が減れば、当然守りも手薄になりますから、一時的でも頑丈な守りを施すのです。魔力を繋ぎ合わせ、その間に全員を運び出す。最後に村の結界を取り払うのは、私が脱出しながらでも可能ですし。一番現実的でしょう」

ルクスの意見は妥当に思えるが、シンは一つ気になった。

「待ってください。そうなると、ルクス様が最後まで残ることになるのでは？」

「そうなりますね。ですが、ブラッドウルフたちに我々の居場所が知れてしまった以上、猶予はありません。ここには非戦闘員が多いのです。ブラッドウルフがどこまで追いかけてくるかわからない以上、迂闊《うかつ》に近隣の集落に助けも求められない。どこまで避難すればいいかも、考えねばなりませんから」

その言葉を聞いて、ティルレインが半泣きでルクスに縋《すが》る。

侍従が自分の身を危険にさらし、皆を守ろうとしているのがわかったのだ。

「ルクス～！　絶対、無理しちゃダメなんだぞぅ！　僕に何かできることはあるか？」

「ティルレイン殿下は、子供や老人、女性と一緒に真っ先に出発してください。狼たちの目を撹乱させるため、複数で飛んだ方がいいでしょう。シン君も先発隊に」

ルクスはさりげなくティルレインを真っ先に追い出そうとしている。

王族と神子という国の重鎮を最優先で逃がすのは、正しい判断だ。

だが、そこでＮＯを訴える人物がいた。

「え、嫌ですよ。ティル殿下と一緒なんてうるさいし、ウザイ。それに僕が一番射程距離も長いですし、最悪グラスゴーで蹴散らしながら単独逃走します。人気のないところなら被害を気にしないで魔法乱発できます」

グラスゴーはすこぶる強力は魔馬なのだ。彼の機動力とシンの魔弓と魔法があれば、ブラッドウルフたちも相当手こずるはずだ。ピコで追い払える相手なら、勝機は十分ある。

「シン君は神子ですよ？　そのような危険なことを――」

説得を試みるルクスを遮って反論するシンは、頑として首を縦に振らない。

「僕は二度も故郷を奪われるなんてご免です。ブラッドウルフの全滅は難しくても、一矢報《いっしむく》いてやりたいです」

一度目はテイラン王国の異世界人召喚。二度目はブラッドウルフ。

最初のは抵抗しようがなかったが、ブラッドウルフには打つ手がある。

シンは自分の我儘にタニキ村全体を巻き込むつもりはなかったし、これが八つ当たりみたいなものだとわかってもいた。

予想以上に意地になっていると自覚しつつも、シンは抑えられない。

そんなシンの頭をゴッと強く叩く人物がいた。ハレッシュである。

「シン、落ち着け。そんなんじゃ勝てる戦《いくさ》も勝てなくなるぞ」

一瞬痛みに呆けたものの、シンはハレッシュを見上げた。

ハレッシュの表情も硬い。逞《たくま》しい腕を組んで、ルクスとシンの会話を聞いていたが、シンが冷静さを欠いていると気づいて止めたのだ。

被害はなかったが、見えてきた戦況は良くない。

「シン君、君がタニキ村を思っているのはよくわかったよ。でも、君も大事な領民の一人だ。君にばかり負担を強いたくない。それに、生きてさえいればまた村を復興すればいい。死んでしまったら何もできないからね」

パウエルにまで優しく諭《さと》されて気まずくなったシンは、ぎこちなく頷いた。

この中で、一番無力さにさいなまれているのはパウエルだろう。領主でありながら、村を守るような武力も魔力もない。

大事に守ってきた、生まれ育ってきた場所を手放さなければならないのだ。

みんな、村を捨てるのは心苦しい――だが、それよりも命を守ることを優先した。

幸い、王都から来てくれたワイバーンたちに乗れば、ブラッドウルフの攻撃は届かない。陸路では通れなくても、空路であれば通れる場所も多い。安全に移動できるのだ。

その時、ノックの音が響いた。

「失礼します。アンジェリカです。入ってもよろしいでしょうか？」

「いいぞ。バーチェ村の人たちはどうだ？」

許可を出したのはティルレインだ。

シンは権力行使を嫌うし、領主でも準男爵であるパウエルや、ティルレインの従者であるサモエド伯爵子息《はくしゃくしそく》のルクスと並ぶと、一番目上に当たるからだ。

入室したアンジェリカは一礼する。今まで、バーチェ村の中でも立てないほど疲弊した人たちの介助や治療をしていたのだ。

シンの作ったポーションのおかげで、彼らの処置は早く済んだ。それでも、村を失い、命の危機にさらされた恐怖心や疲労は大きい。

アンジェリカは彼らの青ざめた顔を思い出しながら、沈痛な面持《おもも》ちで口を開く。

「四名ほど、足や腕を噛まれています。怪我は治療しましたが、出血が多く、しばらく安静が必要です。馬も二頭ほど負傷していて、しばらく走らせるのは無理でしょう」

やはり無傷ではなかった。

脱出を考えているが、この状況だと家畜や騎獣は置いていくしかないだろう。そこまで運搬する余裕はない。

家畜の中には人より重い動物だっているし、ワイバーンや高所に驚いて暴れる可能性もある。運ぶのは現実的ではなかった。

ピコやグラスゴーであれば、ブラッドウルフたちを追い払えるが、普通の動物たちは餌になる未来しか見えない。

だが、それでも人命優先だ。

ブラッドウルフは人を好んで襲う習性があるのだから、なおのことである。

「動けないとなると、そいつらを先に避難させた方がいいな。こっちだって、働き手にならない怪我人に労力を割く余裕はない……」

半《なか》ば独り言のように思案しつつ、ハレッシュが普段より歯切れ悪く言う。

本来はタニキ村のために派遣された竜騎士たちだ。村人が脅《おびや》かされているのもわかっている。

タニキ村は現在、かなり融通してもらっている。普通の田舎村なら、滅ぼされても運が悪かったで済まされる場合もある。

国の財政や、限られた時間で許可される権限には限度がある。それはパウエルも理解していた。

「そうしよう。ハレッシュは気《き》に病《や》まないでほしい。これは、隣村の要請を受け入れた僕の責任でもある。ブラッドウルフを呼び寄せるとわかっていても、無視はできなかったんだ」

タニキ村と同じく、バーチェ村もポメラニアン準男爵領である。しかし、今まではその線引きが曖昧《あいまい》で、タニキ村以外は領地なのか微妙だった。

だが、今やここは王族の療養先であり、非公開とはいえ、ティンパイン公式神子の故郷と言える場所である。それを担うポメラニアン準男爵への一種の箔付《はくづ》けとして、纏めて王室から領地の範囲を通達されたのだ。

「領主様こそ、気にしすぎないでください。もともとブラッドウルフたちは僕らの村を監視していたと思いますよ。でも、ここは警戒しているから、油断していたバーチェ村を狙った……相手が思ったより頭が回るってのは、厄介ですね」

シンも悔しそうに顔を歪めながら言う。

ここはタニキ村の近くなので、高火力の範囲魔法はバカスカ撃てない。

柵や櫓は急ピッチで作り上げたものだから、耐久性に疑問が残る。魔法を使った反動で強い衝撃や風圧が生じる可能性もあるし、倒壊して村の防御に綻びができたら大惨事である。

「シン、お前は人より秀《ひい》でているが、所詮一人の能力だってことを考えろよ。狩りの経験は積んでも、籠城や集団戦闘の経験なんてゼロだろう。あんまり気負いすぎて、突っ走らんように」

一人で悩んでいたシンの頭をコツンと叩き、ハレッシュが窘《たしな》めた。

シンがなんだかんだでハレッシュに頭が上がらないのは、こういう兄貴風《あにきかぜ》や父親の顔に弱いからだろう。

周囲から何やら微笑ましげな視線を感じ、シンは恥ずかしくなって黙った。

(僕は悪いことはしていない……でも居心地が悪い！)

外見ティーン、中身はアラサーの心は複雑だった。

バーチェ村がブラッドウルフに襲撃されてから、タニキ村の警戒は一層強くなった。その一つとして、誰であろうと外に出るのは禁じられた。

いつどこでブラッドウルフが出てくるかわからない。

救助隊である竜騎士たちにより、脱出の目処《めど》は立った。できるだけ険しい山岳地帯や、大きな川が流れる場所を経由しながら王都近郊の村まで避難するという方向性が示された。

飛行移動であっても、高度が低すぎるとブラッドウルフに襲われる可能性がある。しかし高ければ高いほどいいというわけでもなく、高度を維持するのにワイバーンに負担がかかる。陸路で厳しい道を選ぶのは、ローコストでブラッドウルフを撒くためだった。

そして降ろす場所が半端なのは、王都に行くよりも、とりあえず安全である場所で降ろして、またタニキ村に戻った方がワイバーンの消耗も減るからだ。

夏なので気温が高く、日射も強い。冬の凍《い》てついた空気とは違う厳しさもあるので、人間側の疲労も馬鹿《ばか》にならない。

「日の出直前の明るくなりはじめた時に出発ってことになったよ。ルクス様やシン君には申し訳ないけれど、数少ない魔力の強い人たちにはちょっと頑張ってもらう」

パウエルの説明に、シンは頷く。

アンジェリカは後ろで、じっとりと恨みがましい目でシンを見ている。

彼女としては、大事な護衛対象であるシンは真っ先に避難してほしいだろう。だが、シンが頑《かたく》なに拒絶するので「私もシン様が避難完了するまでいますからね！」と、結局アンジェリカの方が折れた。これが彼女のせめてもの抵抗なのだろう。

シンとしては、自分の意思を尊重してもらえたのはありがたいが、アンジェリカがずっと気を揉んでいる姿がちょっと申し訳なかった。

また、アンジェリカは結界の案を出したルクスのことも、キッと睨んでいた。

ルクスの考えもわからなくはないが、今の職業に誇りを持っている彼女にしてみれば、シンを危険な場所に居続けさせる＝護衛としては受け入れがたい、という考えなのだろう。

ルクスはこれも想定内のことだったのか、苦笑していた。

シンは昨日の話し合い後、ルクスに結界についてみっちりと叩き込まれた。

ひたすら魔力をねりねりと練りまくりながら展開する練習や、ルクスと共同でやるので魔力の同調の仕方を教えられた。

「シン君は魔力の保有量が私より多いですね。神々の加護の力でしょうか」

覚えの良いシンに、ルクスはほっとしているようだ。

色々と思い当たる節《ふし》があって、断定はできない。シンは曖昧に笑って誤魔化す。

（あー。それ、『成長力』も関係しているかも……）

フォルミアルカから貰ったスキルである。

女神連合も同じようにシンにギフトを贈っていたりするのだろうか。

シンはろくに自分のステータスを確認していないし、怖いので「ハイハイ、最適化」とスマホぽちりでスルーしていた。

シンはルクスにちょっと引きつった笑いを返す。

「そうかもしれませんね。どなたかはわかりませんが、ありがたいです」

最近、めっきりフォルミアルカからの連絡はない。ファウラルジットをはじめとする女神たちからの連絡もないので、実に平和である。

逆に言えば、以前はテイランや戦神バロスがどれだけ猛威を振るっていたかわかる。

「この結界案は、本当に最後の手段だったんです。この作戦を実行するとなると、村を捨てる前提となりますから」

ぽつりと語るルクスは、少し歯がゆそうな表情をする。

ルクスもタニキ村に愛着があり、できれば守り通したかった。

「結界は私の魔力、シン君の魔力、そして王宮魔術師の方々から貰った魔道具によって作る形になります。本来なら十人以上で行うものを、道具で代用するので……」

「あまり長くはもたないと？」

「はい。長期戦になると交代制にする必要があなります。実質必要なのは数十名です。誰かが集中を切らしたり、居眠りしたりなどしてしまうと、魔法が途切れてしまいますから」

強固な守りが崩れたら、一気にブラッドウルフが押し寄せてくるのは想像できる。

大量のブラッドウルフに、到着した竜騎士たち、そして村の戦力や人々の状況を見て、ルクスは長期戦はやめた方がいいと判断した。

シンもそれが正解だと思う。カミーユたちの話以上に、ブラッドウルフは狂暴だった。カミーユたちを襲ったブラッドウルフは下《した》っ端《ぱ》も下っ端だったのだろう。

「それに人がいないとなれば、早々にブラッドウルフたちが移動する可能性もあります。野盗とは違って、家に侵入しても家財を全てひっくり返す勢いで漁ることはないでしょう」

ブラッドウルフたちの狙いは、金品ではなく、あくまで人という食料だ。

家に多少の破損汚損はあっても、金目の物を探すことはない。火を放たれることもないのだ。

さっさとブラッドウルフたちに、タニキ村を諦めさせる。

食料がないとなれば、共食いも辞さないほど食に貪欲なブラッドウルフたちは、村に長居しないだろう。

（ルクス様の脱出後の考えは希望的観測も多いけど、今は戦闘員が少ない上に負傷者も抱えている。誰かが犠牲になるよりはずっといい）

シンもそれはわかっていたが、タニキ村を捨てるのはやはり気が重い。

悶々《もんもん》としたやるせなさを感じながらも、シンは結界の訓練や今後の話し合いを終えて、ルクスの部屋を後にする。

フゥ、と小さく溜息をついた時、ふと礼拝堂に気づいた。

領主邸が新築され、一段とグレードアップした神々の祭壇《さいだん》。

それもそうだろう。神の加護のあるシンは、タニキ村の住人だ。しかし村には神殿どころか教会すらない。

そんな中、つい最近、怖い神罰を目の当《まあ》たりにしたのだ。神子が出入りする可能性の高い祭壇でもあるし、怒った神々にご機嫌を少しでも直してもらうために、気合が入る。

なんとなく足を向けると、天井に近い窓が大きくとってあり、太陽の光が部屋全体に降り注いで、荘厳な雰囲気を作り出していた。

真っ白な大理石を中心に祭壇が作られており、一層明るく見える。

(ちょっとだけ験担《げんかつ》ぎしておくか)

こっちの世界にはガチに神様の存在がいるので、ご利益が得られるかもしれない。お供えになりそうな物を考え、少し逡巡《しゅんじゅん》する。

そしてシンは、そっとうどんを置くことにした。ちょっとずれたお中元である。

静かな空気に柏手を響かせ、ギュッと目を閉じて祈る。

(全員無事にこの危機を乗り切れますように！)

脱出できますように。

そう願えなかったのは、シンがまだこのタニキ村に未練があるからだ。

『オッケ～！　ど派手にいっとく？』

知らない声が聞こえた。

フォルミアルカの幼い間延びした声でも、清廉《せいれん》でありながら妖艶《ようえん》な、美と春の女神ファウラルジットの声でもない。

少年のような、からっとした陽気な声。

鼓膜に響くというより、脳や心に直接語り掛けるような不思議な感覚。

だが、それに気を取られるよりヤバい発言があったので、シンはツッコミという名の阻止に全力を注いでいた。

「いや、それは勘弁してください！　マジで、その本当に！　僕この村の鄙びた雰囲気に癒《いや》しを感じているんで!!」

『え？　ちょっとカッつってゴリッてなるだけだよ？』

アバウトな擬音でさえ、暴と力の気配がする。

神々のお戯《たわむ》れは人間と感覚が違うから、ますます頷けない。

「何をするおつもりでー!?」

『君の魔馬を〝神魔馬《しんまば》〟に進化させるだけだよ？　そうすれば犬モドキなんて一発でジュッ☆さ！』

原形どころか跡形がなくなりそうな気がする。

「オノマトペですら隠しきれない十分な殺気が！」

カッ（と神様パワーを注入）してゴリッ（ゴリのパワー全開にグラスゴーを進化させ）てジュッ☆（とブラッドウルフを消滅）させるつもりなのだ。

どこの神様か知らないけれど、火力が強すぎる。アグレッシブだ。大事な愛馬に何をするつもりだ。二次災害的にピコにも何かされるんじゃないだろうか――と、シンは慄《おのの》く。

『でもさ、神子として未熟な君に〝ヴァンパイアウルフ〟は手に余るでしょ？　君だけなら追い払う、あるいは斃《たお》すことができるだろう――でも、大事な人間を守りながらでは動けない。それは君が一番理解していると思う』

ふわりと祭壇の上に舞い降りたのは、不思議な生き物だった。

真ん丸と言うより、やや楕円形のふわふわボディ。顔と思《おぼ》しき上寄りの位置には、碁石のように丸く円らな黒瞳が二つ並んでいる。幼女のボンボン髪飾りに似た尻尾らしきものが、目とは真逆に位置する場所についている。

シンの頭の中には、これに類似する生き物は存在していない。

日本にいた時も、こっちの世界に転移した後も見たことがない。

強《し》いて言うなら、スライムを徹底的に苔生《こけむ》した状態にすれば、これに似ている。

だが、こんなに神々しく輝いたスライムなんていないだろう。

一般的な生き物ではないし、ゴッド属性な気がする。

「どちら様ですか？」

シンは直球で聞くことにした。

『僕は獣神キマイラ！　本当の名は[redacted]っていうんだけど、人間には発音しにくいからね～。本当はもっとイケメンならぬイケケモなんだけど、原寸大で降臨したらこの村が潰れちゃうから、省エネタイプで来たよ！』

「お気遣い感謝いたします」

シンは本気で感謝した。降臨ついでにぺちゃんこにされたらたまらない。

ノリは軽薄だが、キマイラは気遣いのできる神様のようだ。

だが、シンは獣神の知り合いなんていないので、少し困惑《こんわく》もしていた。

「あの、キマイラ様も僕に加護をくださっている神様ですか？」

『祭しがいいね。そーだよ～。君のおかげであの子が生きているからね。今はピコと名付けられているんだっけ？　あの子は百年ほど生きたのち〝精霊馬《せいれいば》〟となり、いずれは神馬となる資質を持った子なんだ。君に可愛がられたおかげで、この世界に激しい憎悪を持つ悪霊にならずに済んだ。元は僕の付き人をしていたくらい立派な格を持った魂《たましい》なんだから、大事にしてよ？』

獣神はもいんもいんと跳ねるように動きながら、さらっと重要な話をする。

「え？　まさかのピコ？　グラスゴーじゃなくて？」

『そうだよー。まあ二頭とも順調に力を蓄えているから、予想より早く進化するよ。君は今まで通りに接してくれればいいから～。僕ねー。種の違う生き物に優しい子は好きだよー』

キマイラは上機嫌そうだが、シンにはちょっと引っかかる点があった。

「あの、僕……しょっちゅう森で動物や魔獣を狩っていますよ？」

『糧を求めるのは、当然たる生命の営《いとな》みだろう？　意味もなく殺すわけでもないのだから、その辺は目くじらを立てないよ。地上の生き物の大半が肉食や雑食だよ？　草食でも植物だって生きている。他の命を糧にもせず、摘み取らずに生きている生き物の方が少ないっしょー』

世界は循環しているのだ。一見、常に捕食される側の植物だって、他の生き物の死体を肥料にしている。

シンは人より多く命を摘み取るが、それは狩人だから。そういう役目だからだ。

別の命を弄び、享楽に浪費しているわけではない。至極真っ当な『生きるため』の行動だと知っている。

多く命を摘み取っても、それは冬を越えるため、飢えないため、死なないための行動。

鼠やリスが一生懸命集めたドングリを、地面や巣穴に持ち込んで隠すようなものだ。

キマイラから見れば、貴族が狐やアナグマを仕留めた数を競う遊戯《ゆうぎ》の方が悪趣味に思える。あれは食べもしないし、毛皮を衣服にすることもなく亡骸《なきがら》を捨てる奴らだっていた。

「あの、キマイラ様は獣神なのですよね？　それでブラッドウルフやヴァンパイアウルフ？　とやらを遠ざけることはできないのですか？」

『あ～、無理だよ～。ブラッドウルフを率いているのがヴァンパイアウルフなんだけど、あれは獣と言うより悪魔や吸血鬼に近い性質を持つんだ。分類が魔王側の存在だから、僕らにしてみれば害悪であり、敵対者ってところ～』

ヴァンパイアウルフは、キマイラにとっては管轄外《かんかつがい》の勢力らしい。非常に残念だ。

形は動物に近くても、似て非なるというやつである。

「その、先ほどから言っているヴァンパイアウルフを、どうにかしてもらうわけにはいかないのですか？」

『神は力が強すぎるからね。世界の均衡を守るために、直接的な干渉は規制が多いのさ～。できるのはせいぜい、眷属《けんぞく》や加護を与えた人間に警告し、ささやかな力の目覚めを促すくらいだよ』

キマイラはもいんもいんと伸びたり縮んだりして、謎の運動をしながら答える。

喋《しゃべ》り方は軽薄だし、ふざけた動きをしているが、ちゃんとレスポンスしている。

（まあ……そりゃそうだよな。ホイホイとギフトや称号を与えまくったら、増長する者も多いだ

ろう）

シンのように「目立ちたくないでござる！」の精神を貫き、スローライフ万歳な人間ばかりではないのだ。

『それにねぇ、君が神々に助けを求めるなんて、滅多にないだろう？　他の連中がお供えの争奪戦をしている間に、滑り込んで降臨したんだよー。我ながらナイススライディングだった～』

シンには思い当たる節があった。

王都の教会でちょっと祈ったら光ってしまったことがあった。そんな現象が頻発《ひんぱつ》していれば、嫌でも周囲に神子だとバレてしまう。

シンとしては、ティンパイン公式神子の身分は隠し通したかった。

迂闊に祈れば〝神フラッシュ〟が起こる可能性があったので、神頼みは少し敬遠していたのだ。

だが、今回は実家の安心感のタニキ村であるということと、現状のピンチに、思わず願望が漏れた。

（うん、自重《じちょう》しよう）

フォルミアルカは善意が溢《あふ》れすぎていて軽率だし、他の神様のガチゴッドパワーがどういうレベルで発揮されるかわからないので怖い。自分の手に負えない力に頼るのは危険だ。

ふと、先ほど置いたうどんを見ると、すでになくなっていた。

どうやら、神様たちはお供え物を物理的に持っていくことが可能なようだ。

「えーと、とりあえず今回は手助けをしていただけると？」

今回はもう神様の方から前のめりでやってきてしまっている。お願いしておいて追い返すのは失礼だし、それなりに話は通じそうだ。交渉する価値はあった。

『とりあえず〝体験進化〟させるから、頃合いを見て君の馬のどちらかにこれを与えてごらん』

キマイラは、オープンキャンパスや体験入学的なノリで、気軽に勧めてくる。

尻尾を伸ばすと、ちょんとシンの額に触れた。

『ちょうどいい触媒がここにある。僕の力が混ざっていても、気配が君の力なら、あの子らも怖がらずに呑み込むだろう』

額はフォルミアルカから受け取った、加護パワーでマシマシになりすぎた力を制御するための玉（推定）が埋まっている場所だ。

キマイラに触れられた瞬間、ジンと熱くなった。

『これだけ溜め込んでいれば、二頭ともできそうだね～。ろくに使わなかったんでしょ？　まあ、タイミングは君に任せるよ～。額を合わせて、流し込んであげればシュッとしてパッさ』

キマイラは柔らかな体で楽しげに揺れる。骨格とか気にしてはダメな勢いで、ぽよよんとしている。

『それじゃ、グッドラーック☆』

キマイラはいい仕事したぜと言わんばかりに、シンが尋ねる間もなく消えた。

シンは一拍遅れて「あああああ！」と悲鳴を上げたが、すっかり跡形もなく消えた後である。

祭壇をゆする勢いで縋りついてぎゃーぎゃー騒いだものの、一向に戻る気配はない。

（マイペースすぎる！　何様って言えば、神様なんだろうけどさー！）

やがてがっくりと膝をついたシンは、大人しく家に帰っていった。


家に帰ると、自分の武器を手入れしているカミーユとビャクヤがいた。

普段は割と談笑しながら作業しているのだが、二人とも神妙な顔で黙りこくっている。それでも、手はちゃんと動いていた。

二人は騎士科なので、魔物の討伐遠征や、襲撃に対応する演習の授業がある。冒険者としても、幾度となく魔物と相対したこともあった。

その二人でも、今回のブラッドウルフの脅威は思うところがあったのだろう。

「あ、シン殿。お帰りなさいでござる」

「お疲れさん、シン君。あの眼鏡の兄さんとのお勉強は終わったん？」

シンの帰宅に気づいたカミーユとビャクヤが顔を上げて、いつも通りにへらりと迎えの挨拶を寄越すが、その空気にはどことなくぎこちなさを感じる。

シンはそれを払拭するように、いつも通りに振る舞う。

「うん、ただいま。結界の練習も順調」

いつも通りのシンの様子に、二人も少し安堵したようだ。

「しっかし、シン君はほんま器用やね。魔法科に行った方がよかったんやない？　魔弓もそうやけど、あの火柱はビビったわ。狼どもがキャンキャン言って逃げてったのはスカッとしたわ」

「でも、乱発するとあっちも学習するでござる。それに柵や櫓は木製でござるから、火の粉が飛ぶのは危険でござるよ」

カラカラ笑うビャクヤに、真剣みを帯びた表情のカミーユが、慎重な意見を言う。いつもとは逆だ。

「だよなぁ。火の代わりとなると……持ちそうなのは氷？　物理的にバリケードできるし。でも、この季節だと氷柱をぶっ立ててもすぐ溶けるし、何かの拍子で倒れても困る」

シンが提案してみるが、考え込んだカミーユは首を横に振る。

「村を全て覆うとなると、かなりの範囲になるでござる。魔力の限界が来るでござるよ」

「せやな。幸いティル殿下の守りのために色々王都から持ち込んでたモンがあって助かったわ。殿下がいなかったら、そういうのも頼れんかったし」

ティルレインは役立たずだったが、その護衛をしている騎士たちは、大いに力になった。

戦闘経験のある騎士たちは、力仕事も護衛もできる。しかも、いざ戦いになっても、竦む可能性が村人たちよりずっと低い。

実は精鋭中の精鋭が選りすぐられているのだが、それは二人の知るところではない。それでも、テイランより質がいいとは思っていた。

精鋭騎士が選ばれた裏には、ティルレイン以上の超重要人物（シン）が監視や護衛嫌いという事情がある。そのため、堂々と護衛ができる、かつシンが嫌っていない人間を集めていたのだ。

シンに不審がられない程度に人を入れ替え、王族の蟄居ではなく療養だからと人を増やした。彼らは普段はティルレインの護衛だが、いざトラブルの際は――万が一、ティンパイン公式神子を狙う不届き者がいたら――対応できるようにと、言い含められていた。

いつもはタニキ村に馴染んだ陽気なおっちゃんと兄ちゃんだが、騎士たちの実力は本物である。

「僕はルクス様の対応の早さにびっくりだよ」

「かなり優秀なようでござるな。ルクス様はなんでティル殿下の侍従でござるか？　あれだけ柔軟に対応できる人は、色々な場所で重宝されると思うのでござるが」

意外と着眼点が鋭いカミーユに、ビャクヤが笑う。

「あんなぁ、カミーユ。テイランほど血なまぐさくないとはいえ、ティンパインかてそれなりに権《けん》謀術数《ぼうじゅっすう》っちゅうのが王宮に渦巻《うずま》いとるんや。あの王子に付き合って野菜の収穫や魚釣りして、ニコニコしとるような兄ちゃん、あっという間に胃がやられるわ」

「あー、ビャクヤに一票」

時折、ティルレインのあったか脳味噌にすら胃を痛めていそうな気がして、シンは同意した。

とはいえ、ルクスの性格的には、平和すぎてアッパラパーなプリンスより、欲望を満たすために血が流れることを辞さない上司やその敵勢力との攻防に頭を抱える方がきついだろう。

ティルレインは腐っても王族――それも第三王子なのだ。

「うーむ、テイランは王の退位と即位だけでも親兄弟姉妹が骨肉の争いを繰り広げるのが常でござるからな。父王が好色であれば、腹違いで二桁の子供がいるなんてざらでござるし」

「テイランに一夫多妻であらへん王様なんておるか？　色爺ばっかやん」

「確かに、ここ百年以上は毎度アレでござるな」

冷めたビャクヤのツッコミに、ちょっと気まずそうなカミーユが頷く。

こんな話を聞くと、あの国から出てよかったと思って、こっそりと安堵の息を吐くシンだった。

微妙になった空気を変えるために、シンは別の話題を振る。

「そういえば、二人はヴァンパイアウルフって知っている？」

「「ヴァンパイアウルフ？」」

二人は首を同時に傾げた。

キマイラから聞いた、ブラッドウルフたちを扇動《せんどう》している首魁《しゅかい》。魔王側であり、神々から要注意とされている魔物だ。

シンはまだその姿を見たことすらない。先日の襲撃に現れたのは、ブラッドウルフだけで、リーダー格のヴァンパイアウルフは、高みの見物をしていたと思われる。

将来的に護衛や討伐の際に必要な予備知識として、騎士科は魔物の種族や生態を学ぶ。もしかしたら何か知っているのではないかと期待して、情報収集を兼ねて聞いたのだが、残念な結果だった。

「ヴァンパイアっちゅーことは、吸血鬼やな。吸血狼？　ブラッドウルフは人間の血肉を好むって話やから、別称とか？　すまん。当てずっぽうや」

「ヴァンパイアもウルフもそれぞれなら聞いたことはあるでござるが……そもそも、ヴァンパイア自体が稀少で強力な魔物でござる。そうそうお目に掛かれるものではないでござるよ」

どうしてそんなことを聞くのかという疑念の視線を感じ、シンは慌てて手を振った。

下手に探られて困るのはシンの方だ。

「ごめん。ちょっとブラッドウルフのこと調べていたら、小耳に挟んだというか」

「堪忍なぁ。俺らは知らんねん。学園なら、調べられると思うんやけど」

自分の荷物から教科書の一部を引っ張り出して、索引やウルフ系の項目に目を通しながら、ビャクヤは首を横に振る。

それを横目で覗き込むカミーユも項垂れた。やはり見つからなかったようだ。

「ウルフはゴブリンやスライムに匹敵するほど種類が多いでござるからなぁ。某らが学んでいる魔物や獣はどこにでも多くいる定番……ポピュラーな種ばかりでござる。上級生になれば、もっと幅広く学ぶのでござるが」

力及ばずと、ビャクヤとカミーユは揃って申し訳なさそうにする。

シンは二人に気にするなと声をかけ、その場の話は流れていった。

二人は役に立てなかったと思っているようだが、シンにとっては違った。少なくともヴァンパイアウルフは一般的な魔物ではないし、伝承に残っている類のものではない。

（名前すら知られてないとなると、極めてレアな魔物か、死人に口なしで目撃例が極端にないのか……）

いまだ決定的な情報はないが、シンには最後の頼りとしてスマホがあった。

二人が寝静まった後、そっと家を抜け出したシンは、厩舎に隠れてスマホで検索する。

――しかし、調べて後悔した。

ヴァンパイアウルフ――その名の通り、生きとし生けるものの血と命を啜る闇の獣。暗闇を煮詰めたような漆黒《しっこく》の体は、真っ黒すぎて凹凸がはっきりしない。やや長い毛並みがひたすらに禍々《まがまが》しい。目が真っ赤で、瞳孔はよくわからない。そもそも、眼球の造りが普通の生き物と違う可能性もある。

知性が高く、狡猾《こうかつ》で好戦的。命を弄ぶことに悦びを見出し、対象として人間を好む。

ブラッドウルフとも共通点が多く、上位種であると察せられた。

どう考えてもヤバい魔物である。ＲＰＧだとボス枠か、終盤に出る強いモンスターだ。

（なんでそんな魔物が、こんな辺鄙《へんぴ》な村に出てくるんだよ……！）

シンは頭を抱える。

キマイラはなんとかなると軽く言っていたが、シンは俺ＴＵＥＥＥキャラではない。

確かに一般人より強いとはいえ、平穏を愛する凡庸《ぼんよう》な人間だ。化け物とバトルなんてしたくなかった。

ストレスで軽くグロッキーになっていると、主人のそんな様子を気にした厩舎の住人たち――グラスゴーとピコ――が、どうしたどうしたと顔を寄せてくる。

「うん、ちょっと疲れただけ。大丈夫。うん」

グラスゴーがシンの顔をべろっと舐《な》める。いつもより遠慮がちなのは、心配しているからだ。

グラスゴーは優しく噛むようにシンの黒髪をもしゃもしゃとする。軽く引っ張られるが、痛みはない。グルーミングのつもりなのだろう。

そして、またベロベロと舐める。シンの頭と顔はグラスゴーの涎塗れだ。

「気持ちはありがたいよ」

井戸で洗髪コース決定であるが、シンは少し落ち着いた。

グラスゴーの舌がシンの額を舐めた時、まるで張り詰めた弦を弾いたような高い音が響いた。

びっくりして顔を上げたシンが見たのは、乳白色の玉が浮いている姿だった。

シンは一瞬「なんで真珠があるんだ？」とぼんやり考えたが、ややあって、それは自分の額から出てきた〝例のブツ〟ではないかと気づいた。

フォルミアルカが原材料を提供し、シンの中で熟成し、キマイラがヤバげなパワーを注入した例のブツである。

だが――シンがそれを認識した次の瞬間、グラスゴーがぱっくんと食べてしまった。

「あ」

止める間もなかった。

美味しゅうございましたと言わんばかりに、舌でぺろっと口の周りを拭くグラスゴー。見本のような舌なめずりだ。

「オァァァ……」

絶望にシンは呻く。泣こうとしたけれど、嗚咽《おえつ》と欠伸《あくび》が混じった猫のような声だった。

だが、はっとして顔を上げる。

「ググググ、グラスゴー⁉　体調は⁉　どっか変わった⁉」

シンがグラスゴーの周りをうろうろするが、グラスゴーはきょるんとした目で不思議そうにしているだけだ。

シンはしばらくグラスゴーの様子を気にしていたものの、ここは潔く諦めることにした。今更吐かせるのもなんである。

「あー……なんかもう、ええい、もうどうにでもなれ」

シンはぐったりと脱力しながら、ごしごしと自分の額を擦る。

進化するとは聞いていたものの、今のところ変化はない。いつも通りのグラスゴーである。これで腕や翼や足がにょきにょき生えてきたらビビり上がる。

ところが……

擦った刺激が悪かったのか、額からポンッとまた真珠モドキが出てしまった。

「あー！　わー！　ステイステイバックバック、戻ってー！　心の準備が！」

それはシンの手をすり抜けて、蛍のように光りながらピコの方へ向かった。

ピコはすぐ食べず、じっとその玉を見ている。とても気になっているが、シンの慌てふためく様子に取り込むのを躊躇っているように見えた。

自分から玉と距離を取り、小さく後退する。だが、非常に惹《ひ》かれるのだろう。その目は玉を見つめている。

なんだかその姿がとても健気《けなげ》で、シンが折れた。

「……ウン。ピコが欲しいならいいよ。無理はしないでね」

シンが白旗という名の許可を出した途端《とたん》、ぱくんと玉を口に入れたピコ。

口に含んだ瞬間、甘い飴《あめ》を食べた小さな子供のように目を輝かせる。

キマイラが言っていた通り、玉からシンの気配や力を感じるのか、二頭とも全く警戒する気配なく食べた。

むしろ、進んで食べていった気がする。

（でもさー！　中身神様の加護マシマシゴッズパワーなんだよなー！）

そう叫びたいけれど、叫べないシンだった。

◆

シンが嘆いていた頃、神々の世界ではかなり遅めの夕餉《ゆうげ》をとっていた。

神は食事をとらなくても、人々からの信仰さえあれば存在できる。

だが、食べること自体はできるのだ。

夕食のメインはシンから貰ったうどんだった。

「少なっ！」

ファウラルジットは思わず声を上げる。

箸で持ち上げたうどんは一本だ。お椀《わん》の中にもそもそも一本しかなかったので、それがなくなれば当然空になる。

「仕方ありません……平等に分け合った結果です」

そう言って、フォルミアルカはたった一本のうどんをちゅるんと啜る。

口では納得しているようだが、その表情は悲しそうだ。

「おいしいです」

そう言いつつ、とめどなく涙が流れている。幼女女神は我慢強いが、涙腺《るいせん》は感情に正直だった。

上司である主神が、大人しく食べているので、ファウラルジットはこれ以上の悪態はつけない。

本来、フォルミアルカ一人で独占しても文句が言えないのだ。

「食べたりないならあちらでもいかがです？」

フォールンディはそう言って、親指で鋭く〝あちら〟とやらを指さす。

そこには丸太にぐるぐる巻きで縛りつけられたキマイラが、逃げることができずにもいんもいんと揺れていて、その傍には盛大な火が焚かれている。

キャンプファイヤーを思わせる薪を組んで作られた土台から、五メートルはありそうな炎が上がっている。

「えーっ、キマイラの丸焼き？　臭そうじゃない。イヤ」

即座に反応したファウラルジットが、嫌そうに却下した。それを聞き捨てならないと言わんばかりに声を上げて抵抗するキマイラ――体はぐるぐる巻きにされているので、声でしか抵抗できない。

「失礼な！　我は神ぞ!?　生きとし生ける獣たちのてっぺんぞ!?」

「ハイハイハイ。私も神だから。なんならみんな神だから」

「うどんは⁉　僕のうどんはー⁉」

「お黙り。勝手に一人でシンのところに行っておいて、貢物すら掠め取ろうって言うの？　この毛玉が！」

もいんもいんと動くキマイラを、ファウラルジットは丸太ごとげしげし蹴りまくった。

ウッドソールが容赦なくキマイラ目がけて振り下ろされる。

「酷い！　動物虐待《どうぶつぎゃくたい》だ！　僕はこんなに可愛いのに！」

「本性が獣で、本体が大陸潰す勢いでデカいくせに？」

白々しいと言いたげにファウラルジットが吐き捨てた。

「うわあああん！　こんなにプリチーなのに！」

「その見てくれで子供の警戒心を下げて懐柔しようとした分際で、何を言っているのよ、ケダモノ」

ファウラルジットは、このキマイラが太古の神の一柱であることを知っている。

古くから、獣は人々にとって恩恵であり、脅威であった。見知らぬ神の姿を、その勇壮な姿に重ねることは少なくない。

かつてバロスにその信仰を奪われ、かなり弱体化していた。

放っておかれすぎて半分苔のようになっていたのが、今では随分元気になったものだ。

それもあって、シンにサービスをしに行ったのだ――けれど、シンに会ってみたいと思う神々は多かった。今回の件で「抜け駆けしやがって」と恨まれ、顰蹙《ひんしゅく》を買っている。

この丸焼き直前スタイルも、それが原因だった。

「いいじゃないか！　久々の神子なんだ！　特別待遇して何が悪いのさー!?」

「抜け駆け行為」

キマイラが勢いで微妙に話題をすり替えようとしたのを、ファウラルジットが即座に訂正する。

神子を優遇するのは神にとって当然のこと。だが、周囲の神々を出し抜いて良いわけがない。

キマイラは外見はゆるキャラでも狡猾だ。腐っても古《いにしえ》よりいる存在。腹の中には女狐《めぎつね》も狸爺《たぬきじじい》も飼っている。

「……チッ」

キマイラは意外と鋭い舌打ちをする。

可愛いゆるキャラでごり押しして免除を狙っていたが、無理だと判断したようだ。

「本性出ているじゃない。まあ、今回は必要措置だからその程度なんだけど、余計な真似して腐っていたら、本当に火の中に突っ込まれていたわよ」

きっちり舌打ちを聞いていたファウラルジット。

二人のやり取りをフォールンディとフォルミアルカは片や静かに、片や大慌てで見ている。

「ふーんだ」

プイッとそっぽを向いたのはキマイラだった。

その様子にフォールンディが冷たい視線を送る。

「反省の色が見えませんね。神力没収して、このまま下界に落としてみては？」

「やーめーろー！　フォールンディはイチイチ罰則が厳しいんだよー！」

彼女が言うと洒落《しゃれ》にならないと知っているキマイラは、大慌てで丸太ごと逃げ出そうとする。

だが、再びファウラルジットが美脚踵落《かかとお》としで沈め、逃亡はあえなく失敗した。

その後、キマイラが火炙《ひあぶ》りにされたか否かは、神のみぞ知る。

◆

進化の玉（仮）事件の翌日、シンは結界を張ることになった。

補助素材の関係上、ほぼぶっつけ本番のようなものだ。それでも、ルクスと入念に準備や練習、打ち合わせをした甲斐《かい》もあり、問題なくできた。

魔石や魔法陣を起点に、シンとルクスの魔力が巡る。

どちらかが強すぎても、弱すぎてもダメだ。バランスよく合わせて、互いに綻ばないように確認しながら循環させる。

ぐるりと繋がったのを感じると、タニキ村はうっすらと光り輝く、高さ二十メートルほどの円柱状の結界に周囲を覆われた。

初めて見る大きな魔法に、村人たちは歓声を上げた。

一仕事終えたシンとルクスは、成功に安堵しつつも、広大な範囲に魔法を展開した疲れで脱力していた。二人は互いに顔を見合わせて苦笑いする。

「……これ、長持ちしないですよね」

作った側の感覚としてわかった。本当にその場しのぎの結界だ。

「はい。毎日魔力の補充が必要です。それを続けても一月《ひとつき》も持たないですよ——ブラッドウルフたちが猛攻を仕掛けてきたら、もっと短くなるかもしれません」

とはいえ、常に二人がつきっきりで魔力をチャージしているわけにはいかない。

怪我や体調不良睡眠時間の確保のためにも、魔石に魔力を注入し、それで代行する手筈《てはず》だ。

それなら、二人とも動けない時にも結界に魔力を回せるし、攻撃された際にも、予備魔力を投入して時間稼ぎが可能になる。

しかし、そのチャージ用の魔石への魔力補充も、二人しかできない。

鄙びたこの村は、都会よりも人が少ない。そもそも魔力持ちが圧倒的に少ないのだ。

どちらかが体調不良や、怪我をしてもいいように、予備を多めに作っておこうという話になり、二人はとぼとぼと領主邸に向かった。

しかしその移動中、魔力の枯渇《こかつ》の影響でルクスが倒れてしまった。想定よりきつかったのだ。慌てて彼を領主邸に運び込むことになった。

ルクスは普通より魔力量が多い方とはいえ、加護を何重に積んでいる異世界人のシンと比べれば少ない。それに、連日の緊張に神経も参っていたのだろう。

それでもベッドから這《は》い出《だ》して仕事に戻ろうとするルクスを、シンが窘める。

「ティル殿下をお見送りしなくては……」

「僕が見送っておくんで、寝ていてください」

実にできた侍従である。彼の精神は社畜に通じるものがある。

後ろでシンの背中を涙と鼻水でびちょびちょにしているロイヤル馬鹿とは大違いだ。

「ルクス！　死ぬなー！」

「死にませんってば！　ポーション飲ませますので、すぐに良くなりますよ！」

縁起でもないことを言う王子がうるさくて、思わず怒鳴ってしまうシンだった。

この邪魔にしかならないボンボンを早急に竜騎士たちに押し付け、安全な場所に叩き出した。

シンはルクスのお目付け役をアンジェリカに厳命し、ポーションを飲んで休んで顔色が良くなるまで仕事没収を言い渡す。

ルクスの顔色が非常にヤバかったので、パウエルも同意した。

アンジェリカは極めて稀なシンからの命令に張り切って、任務を遂行《すいこう》した。

タニキ村は相変わらず厳戒態勢だ。

櫓には常に見張りが立ち、怪しい気配がないか警戒している。

予定通り、バーチェ村の怪我人と、タニキ村でも特に足腰の弱い老人や病人は真っ先に避難した。

ティルレインもこの中に含まれており、王族用の特注のゴンドラに乗って出立《しゅったつ》した。彼は避難場所から馬車を乗り継いで王都まで行って、この切迫した近況を訴える手筈になっている。

平民や下級貴族より、第三王子の肩書きを持つ彼が直訴《じきそ》した方が緊急性をアピールできるし、手続きも省ける。

すでに手紙ではこの状況を知らせてあり、王都ではブラッドウルフ対策の討伐遠征部隊が組まれる予定になっているものの、珍しい魔物なので精鋭の選抜や騎獣の選び方に難航しているという。

下手に兵士を送り込めばブラッドウルフたちの餌食になりかねない。一発で仕留めるために、編制を吟味《ぎんみ》しているという。

傷病者や老人の次に避難するのは子供や女性だ。力や体力のある男性はその後で、結界の要《かなめ》となるシンやルクスは最後まで残ることになっている。

女性だが戦闘訓練を積んでいるアンジェリカも、終盤ギリギリまで残ることになっていた。しかしこれには、最後までルクスは少し渋い顔をしていた。

彼女とルクスは恋仲とはいえ、それを理由に忖度《そんたく》するつもりはない。それでも、全くの平静を装《よそお》うことはできなかったのだ。

結局、シンをできる限り手助けしたいと、頑として折れないアンジェリカに負けた形である。

ふと、まだ残っている子供たちを見ると、木の棒を振り回して「これで狼をやっつけるんだー！」と勇《いさ》ましいことを言っている。

それを嬉しそうに——だけど複雑そうに見ているのは大人たち。特にブラッドウルフを間近に見た者たちは、表情が硬い。

その時、シンの横をすいっと何か茶色い影が通った。シンは咄嗟《とっさ》に、魔弓グローブをつけた方の手を掲げる。そこにひらりと舞い降りたのは一羽の魔鳥だった。

魔鳥はシンの頬にスリスリと顔を寄せながらちょいちょいと足踏みして、足についた筒をアピールする。

シンは筒から手紙を受け取り、マジックバッグから小さなポーション瓶を取り出す。

「ありがとう。お疲れ様」

シンがそう言って、口の中にポーションを入れてやると、魔鳥は雛鳥《ひなどり》のように高い声でキュルルと甘えて鳴いた。

シンが手紙を開いている間も、べったりと甘えていた。

ちなみにこの魔鳥、シン以外が不必要に触ろうとすると、嘴《くちばし》で肉を抉る勢いで突こうとする。

「シン、なんだった？」

一連の様子を見ていたハレッシュが駆け寄ってきた。

「ティル殿下を含め、先日の避難民は無事に着いたそうです」

「そうか。やっぱり空路だとさすがのブラッドウルフも手が出せないんだな。これなら安全に残りのみんなも移動できる」

安心したのはハレッシュだけではない。周りの村人たちも安堵している。

シンは魔鳥を撫でた後、空に放つ。

心得たというように、魔鳥は飛び立った。伝書鳥用の巣箱で一休みするのだろう。

「ルクス様やパウエル様にも連絡は入っているとは思いますけど、伝えに行ってきます」

「おう、気を付けて行けよ。転ぶなよ」

駆け出したシンに、ハレッシュが手を振り返しながら言う。

シンとしては幼子ではないのだから転ばないと言いたかったけれど、年上のくせに平坦な道でもよく転ぶティルレインを思い出して、なんとなく黙った。

シンは一気に村を走り抜け、領主邸へ向かう。そして庭で薪割りに勤しんでいたパウエルに真っ先に報告した。

「よかった。さすがにあの魔物でも空中には攻撃できないんだね」

次の便では妻子を送ることになるはずのパウエルはほっと安堵の息を吐き、久々に強張りのない癒しの笑顔になっていた。

　彼も先日のブラッドウルフたちの強襲を見て、籠城も長くはもたないと思っていたのだろう。しかし避難経路の安全は確認できたし、憂《うれ》いなく撤退ができそうだ。

「僕はルクス様にも伝えに行きますね」

「頼んだよ。アンジェリカさんが仕事に戻ろうとする彼を何度も引きずって部屋に戻しているから、シン君も手伝ってあげて」

「はーい」

　ルクスから仄《ほの》かに香る社畜臭は気のせいではなかった。

　シンの中に、ちょっとだけ親近感のような、呆れのような微妙な感情が芽生える。

　ルクスは最近多忙を極め、明らかに疲労が蓄積していた。結界維持による魔力消費の激しさも、彼の体力を着実に削り取っている。早くこの騒動に決着をつけたいところだ。

　さっそくシンがルクスを探しに彼の部屋に行くと――廊下にルクスとアンジェリカがいた。

　眦《まなじり》を吊り上げたアンジェリカは腕を組んで仁王立《におうだ》ちしている。

　対するルクスは困り果てた様子で体を揺らしており、すり抜けようとするたびに捕まっている。

「何しているんですか？」

「み……ではなくシン様。彼が、体調が悪いというのに、仕事に戻ろうとするのです」

　アンジェリカはルクスの両肩を掴んで押しやりながら、顔だけシンの方に向けて答えた。

「今やらなくてはならない仕事が、溜まっているんです」

やや呂律《ろれつ》が怪しいルクスはなんとか通ろうとしているが、その度に押し返されている。

彼の顔は真っ赤で、目は潤《うる》んでいるし、ぼうっとしているのがわかる。

「ルクス様。熱、出ていませんか？」

「微熱です」

ルクスは顔を引き締めてシレッと言うと、その顔色を隠すように眼鏡を手で押し上げた。

ブリッジ部分を指で押さえる、一番顔が隠れるタイプの眼鏡ポジション微調整だ。

アンジェリカがキッと睨むが、彼はそれにも目を合わせないようにそっぽを向いた。

「嘘ですよ！　この人、シン様から貰ったポーションを隠れてガブ飲みして徹夜していたんです！　こそこそとベッドの上にまで仕事を持ち込んで！」

アンジェリカの暴露に、ルクスはますます気まずそうになる。

シンも思わず冷ややかな目を向ける。

「ルクス様？」

締め切り近い社畜が、眠気覚ましにカフェインガン積みした栄養ドリンクを飲むのと同じである。行動が完全に企業戦士のデスマーチと合致している。

シンは栄養補給と魔力回復のためにポーションを渡したのであって、徹夜のドーピング用に使えとは言っていない。

「少しでも早くここに皆さんが戻れるように、根回しが必要なんです。あの狼たちは人の味を覚えてしまっていますし、もっと人の多い都市に流れ込んでくる前に、群れを消滅させるべきです」

ルクスはもっともらしいことを言う。それは建前ではなく、彼の本心だろう。

あの群れを全て潰すにはかなりの戦力が必要だ。しかもそれを――王都ならともかく――こんな片田舎にまで呼ぶのは大変だ。

「あの、ルクス様。そのブラッドウルフの群れなんですが、なんか上位個体がボスらしいです」

「上位個体……？　群れのリーダーが一番の実力者というのはよくあることですが」

「いえ、根本的に違うんです」

首を傾げるルクスに、シンはなんと言えばいいのかと迷う。

だが、本気で討伐を考えるなら教えた方がいいだろう。もしかしたら、博識なルクスならいい案が浮かぶかもしれない。

シンは手招きしてルクスとアンジェリカを呼ぶ。そして内緒話をするように声を抑えた。

「獣神キマイラ様より神託が下りました。今回のブラッドウルフを扇動しているのは、ヴァンパイアウルフという魔狼だそうです」

神様からの直々のお言葉なのだから、あながちハズレではないだろう。

ピコとグラスゴーが戦えるように力をくれているらしいが、今のところ二頭に変化はない。シンはその情報も伝えるか迷ったが、半端な希望は楽観に繋がるので言えなかった。

二人は神託というパワーワードにしばらく呆然《ぼうぜん》としていたものの、すぐさま頭を切り替えた。

今は緊急事態なのだ。

「ヴァンパイア？　吸血鬼ですか？」

アンジェリカはカミーユたちと同じ反応だ。彼女も知らないようだ。

「ヴァンパイアと言えば、闇の眷属の代表的な魔物です。知能も高く、狡猾と聞きますが、ウルフ……いえ、同格と考えるべきでしょう。本来は短絡的なブラッドウルフが、タニキ村ではなくバーチェ村に向かった理由も、これで説明が付きます。これは王都に伝えた方がいいですね。情報提供ありがとうございます」

ルクスは口では感謝しているが、その表情は暗い。貴重な情報とはいえ、吉報とは真逆の情報なのだから仕方がない。

王都と聞いて、シンは先ほど魔鳥が運んできた手紙を思い出す。

「あ、そうそう。ティル殿下は無事に避難場所に辿り着いたそうです。手紙が来ましたよ」

「それは良かった。シン君に懐《なつ》いている魔鳥は本当に速いですね。こちらにはまだ連絡が来ていないのに……」

ルクスはお仕えする王子が無事なことに安心するが、伝書が来ないことが気がかりな様子だ。

暗くなるまでには来るだろうと、その時は締めくくった。

しかしその後いくら待っても、ルクス宛の手紙は来なかった。

◆

鬱蒼と茂る森。その地面は昼間でも薄暗く、草よりも苔やシダ植物が多い。それらの濃い緑の上に、たくさんの鳥の羽根が散乱していた。

狂ったように声を上げ、バサバサと暴れて抵抗する鳥の背中を押さえつけながら、その狼は獲物がもがく姿を見下ろしていた。

狼は大きかった。どの狼より巨大で、悍ましいほど真っ黒だった。

巨体に相応しく、その前脚も大きかった。爪を立てるつもりはなくても、鋭い爪は暴れる鳥を傷つける。

狼の方は前脚を置いているだけのつもりでも、その重さすら鳥にとっては致命的だった。

翼はおかしな方向に折れ曲がり、圧迫された背骨は軋《きし》みを上げる。臓器も破裂寸前だ。

痛みが恐怖を呼び、鳥はさらに暴れる。

鳥にとっては全力の抵抗でも、その狼にとっては児戯《じぎ》以下だった。

だんだんと鳥は弱っていき、抵抗や鳴き声も小さくなってくる。

すると興醒《きょうざ》めになったのか、狼は鳥から目を離し……次の瞬間、首を噛み千切った。

食べることなく頭を吐き出し、潰れた体を前脚で払いのけた。血の臭いに興奮したブラッドウルフたちは、リーダーが遊び終わった鳥に群がって我先にと食べ漁る。

あっという間に骨まで食べ尽くされる鳥。

残ったのはたくさんの羽根と、筒状の金属だった。

鳥の血を浴びた筒には、少し噛まれたのか、へこんだ跡がある。

それは誰にも拾われることなく、寂《さび》しく転がっていた。

◆

自宅で獣除けの香やポーションを作っていたシンは、外が何やら騒がしいことに気がついた。

家から出ると、その理由がわかった。見張り役がブラッドウルフを見つけて、騒いでいるのだ。

とはいえ、襲撃目的ではなく、視察目的のブラッドウルフは毎日やってくるので珍しくはない。

それらはいつも村の周囲をうろちょろするが、攻撃の当たらないギリギリで引き返していく。

それでも怖いのだろう。櫓の上から大きな声が聞こえてくる。見張り役の男が村の外を指さして、強張った顔で訴えていた。

「また来たぞ！　弓を使える奴は射れ！」

「待て！　矢は消耗品だ！　投石器にしろ！　石なら開拓の時の余りがたんまりある！」

ハレッシュがそう言うが、納得のいかない見張り役は怒り出す。

「アイツらを居座らせるつもりか？」

「だが、届かない距離にいる一匹のために無駄撃ちは避けた方がいいだろう。石なら土を掘り返せば手に入るからな」

とはいえ、それにも限度はあるだろう。

シンは騒ぎを見つけた時点で、走り出していた。素早く櫓に登ると、うろついている赤い狼を見つけて見張り役に確認する。

「あれですね」

「そうだよ！　朝からずっとうろついていて、だんだん近づいてくるから、気が気じゃないんだ！　ハレッシュは結界や柵があるから大丈夫だって言うが、いつ群れが来るかと思うと安心できねえ！」

この見張り役には若い妻と子供がいる。今年生まれたばかりの下の子と、産褥《さんじょく》がまだ終わらない伴侶を思えば、気も立つだろう。

ハレッシュもそれがわかっていたものの、村全体の危険を考えて、できるだけ消耗を抑えたいと苦慮していた。同時に、下手に刺激してブラッドウルフを焚きつけてしまわないかと、心配もしている。

「わかりました」

ならば、とシンは頷いた。

シンの魔弓は魔力が矢になる。魔力は時間の経過と共に回復していくので、残弾を気にする必要はない。

ルクスは消耗して体調を崩したが、シンは一晩休めば元気になったから、もともとの魔力量が相当あるのだろう。多少連射しても平気だ。

「僕の矢なら――あ」

シンがぴたりと止まって、マジックバッグのポーチからゴソゴソと何かを取り出した。

唐突にそんなことをしたものだから、見張りの男もハレッシュも首を傾げる。

「ん？」

めた。

「これ、使ってみていいですか？」

「なんだそりゃ？　丸薬にしちゃデカいな……つーか、クッサ！　クサ！　キツイ！」

見張りの男はシンの持っていた丸い薬らしきものに顔を近づけかけたが、その臭いに顔をしかめた。

逆にハレッシュは仰《の》け反《ぞ》るように全力で避けている。

「おい、それってまさか。今朝異臭がしていたが、その正体か？」

「カラシ山椒《さんしょ》ニンニクマシマシ爆弾です。狼ってことですし、鼻がいいんですよね？　効くかなぁって思って」

シンがどことなく楽しそうに見えるのは気のせいだろうか。その童顔の中でひときわ目立つ黒い瞳がキラキラしている。

特に付き合いが長いハレッシュでも、美味しいものを食べている時以外は滅多に見かけない表情だ。

ちょっと危ない悪戯《いたずら》を思いついた子供なんかが、よくこんな顔をする。だが、その悪戯をするのは、普段は良い子で働き者のタニキ村のアイドル、シンちゃん（副業：神子）である。

彼は学園で得た技術と知識をフル活用して、けったいな物を作り上げていた。

（まあ、被害を受けるのはブラッドウルフだし）

（むしろ、苦しみ悶《もだ》えて死ねって思うし）

ハレッシュと見張りの男は互いにそうアイコンタクトして、シンに頷いた。

ブラッドウルフは一匹で、明るい日中に開けた場所にいる。ロケーションは最高。効果もわかりやすい。実戦で試すのにちょうどいいだろう。

そして、やはり村の周囲をうろつかれるのは気分が良くない。

ちょうどブラッドウルフも近づいてきている。若くて警戒心が低い個体なのだろう。

大人二人に許可をもらったシンは、いそいそとスリングショットを取り出す。Yの字の部分は頑丈な木の枝で、親指より太いゴムが付いており、持ち手の部分には滑らないように布がしっかり巻かれていた。

「よっと！」

シンは結界を避けて、上から飛び越す軌道で狙った。

だが、弓とは勝手が違うのもあり、丸薬はブラッドウルフより数メートル離れた場所に落ちる。

シンはがっかりしたが、丸薬が地面に叩きつけられた瞬間、ブラッドウルフに異変が起きた。

まずは一瞬硬直し、ビョンッと垂直飛びをする。そして顔を手で洗うように擦りながらギャンギャン泣き叫ぶ。鳴くでも吠えるでもなく、泣いていた。

ブラッドウルフは地面をのたうちながら、ゴロゴロと転げ回る。

数分はそうしていたが、少しずつ慣れてきたのか、立ち上がり、フラフラと歩きはじめる。そして一目散に逃げ出した。

「おお！　効いた!?　効きましたよね、アレ！」

はしゃぐシンに、ドン引きの大人二人。

「……効いたけど、あれって俺らもヤバくないか？」

「ここまで辛子《からし》のツーンとしたのと、ニンニクの臭いがするぞ」

丸薬の時はかなり臭いが抑えられていたようだが、破裂したら危ない。

風下とはいえ軽く二十メートル強は距離があったのに、強烈な臭気が鼻孔の奥をつつき回してくる。あんな小さなサイズでこの威力――これは立派な兵器である。

「シン。これはピンチの時じゃなきゃ使用禁止」

保護者として、大人代表として、ハレッシュはぴしゃりと言った。

「えーっ、せっかく、朝から頑張って作ったんだけどなー」

シンは不満げな顔をするが、うっかり誰かが村の中でやらかしたら手に負えない。

「なら、今日の避難部隊にでも持たせてやれ。空の上を移動している最中に落としたなら、すぐその場所から逃げられる」

「そうします……」

効果は素晴らしいが、副産物の臭気がヤバすぎる。結局ハレッシュは最後まで丸薬の使用を許さなかった。

問題のツブの製造元（シン）は、露骨にがっかりした様子で去っていく。その背中を見て、ハレッシュは疑問を抱く。

（でも、なんでいきなりあんなもんを作り出したんだ？）

シンは幅広い分野で活躍できるので、忙しい。本人が勤勉で効率よく動いていても、その隙間時間すら惜しい多忙さだ。

ブラッドウルフ対策とはいえ、いきなり臭気爆弾を作るとは、ハレッシュも思わなかった。

（まあいいか。対策手段が多いのは良いことだしな。そういえば、領主邸に呼ばれていたな）

約束の時間がそろそろ差し迫っている。

思い出したハレッシュは櫓を下りて、村の中で一番大きな屋敷に向かう。

そこで、暗い顔のパウエルと、病み上がりなのを差し引いても顔色の悪いルクスから新たな脅威の名を告げられることとなる。

そして、シンが急に劇物を作り出した理由を理解するのだった。

◆

それから数日後、再びワイバーンによる避難が行われることとなった。

強風や雨天といった天候の問題や、人員の選定、ワイバーンや竜騎士を休ませる都合もあって少し滞ってしまい、予定より遅れている。

今回移動させるのは女子供を含む一般人なので、強行軍はできない。

万が一ブラッドウルフがなんらかの強襲をかけてくる可能性や、それ以外の魔物の攻撃を考えてのことだった。

冬場に現れるフレスベルグに匹敵するほど危険な魔物は少ないが、デスホークやキラーホーネットといった魔物は夏場も活発に動いている。

今回の避難者の中にジーナやカロル、シベルといったベッキー家の面々がいた。しかし、若い男手であるガランテは残ることになった。

それ以外にもポメラニアン準男爵夫人のエイダや、子息のジャックも今回の輸送組に入る。

パウエルは領主であり、タニキ村を預かる身として終盤まで残ると、覚悟を決めていた。

今回の移動で、賑《にぎ》やかな女性や、元気いっぱいな子供たちがだいぶ減るので、かなり村が閑散《かんさん》としそうだ。

最初の移動時は、怪我人や病人、老人といった動けない人や、バーチェ村の人々が多くいたから、余計にそう感じてしまう。

「ジャック、カロル、シベル。なんか危なそうなのが襲ってきたら、これを投げつけろ。遠くからでも威嚇になるから」

そう言って、シンは子供たちにお守り代わりにカラシ山椒ニンニクマシマシ爆弾を渡した。

この強烈な臭気は女性が嫌がりそうだし、あまり数量もないので、知り合いの子供たちに渡すことにしたのだ。いざという時だって、子供たちなら躊躇わずに手で投げられるだろう。

三人は袋を開けた瞬間、丸薬であっても立ち込める臭気に顔をしかめ、素早く紐を引っ張って、袋の口をきつく締めた。

「シン兄ちゃん。これ、すっごく臭い」

目に染みたのか、ジャックが涙目で言った。

「これだけ臭ければ、狼に効きそうだよな」

「ちょっと前の変な臭い、やっぱりシン兄ちゃんだったんだ」

カロルがドン引きしながら言い、シベルが呆れ顔で言う。

それでも三人は、面白そうだといそいそと荷物に入れた。

（使わないのが一番だけど、こういう準備はしておいた方がいいよね）

そう思いつつも、シンは神々すらその存在を意識しているヴァンパイアウルフとやらが気がかりだった。

普段の狩りで仕留めている魔物とは段違いに強い魔物だろう。丸薬程度でどれくらいの効果があるかは疑問だ。

（名前にヴァンパイアとつくくらいだから、日中の輸送時には出てこないと思いたい）

自分を安心させるためにもそう考えるシンだったが――人はこれを、フラグと言う。

◆

ワイバーンが羽ばたくと、大きな飛膜が風を捉《とら》え、その巨体と共に騎乗者と籠を持ち上げる。

複数のワイバーンに吊られた籠の中に、それぞれ五から十人の人がいた。皆夏場だがしっかり長袖の服を着て、大きな荷物を持っている。

その籠の中から小さな人影が頭を出して、そっと外の景色を見る。

少し顔を出しただけで、髪や頬を容赦なく風が乱す。巻き起こる強風は、打ちつける勢いだ。今まで経験したことのない高い視界に、恐怖と興奮がないまぜになり、頬が紅潮《こうちょう》する。なんとも言えない気持ちで、もう少しだけと下の景色を見ようとする。

「シベル、大人しくしなさい。空中にだって魔物がいるんだから、あんまり顔を出すと危険だよ」

そんな子供――シベル・ベッキーを母のジーナが窘める。

彼女の顔は、好奇心に沸き立つシベルとは違って、疲労と不安の色が濃い。

「でも、一度も襲われてないじゃん」

頬を膨らませたシベルは、ジーナに言い返す。

兄のカロルとは別の籠になってしまったし、ジーナはずっと黙り込んでいて、何やら重々しい空気なので話しかけにくい。遊んでくれる相手がいなくて暇なのだ。

「そりゃ、騎士様たちがいるからね。おまけに乗っている騎獣も立派だ。飛竜を襲うような魔物なんて、そうそういるわけないよ」

そう言って、ジーナはまた溜息をつく。

――ここのところずっとこんな調子だ。

シベルは不満げに母親の顔を見る。

危ない狼の魔物が村の周辺に出没すると聞いてから、シベルは外出もできず、村の空気が緊迫していた。

神妙な顔をしている両親。隣家のハレッシュや領主と話している時も、そんな表情が多かった。

仲の良い兄貴分的なシンも、その魔物の対策に駆り出されて、このところ全然遊んでくれない。

「ちょっと外を見るくらい、いいじゃん。暴れてないし」

ふてくされたシベルは乱暴に会話を切り上げて、籠の縁に腕を載せて少し顔を出しながら外を眺める。

少し陽が傾きはじめた空は、端っこから赤く染まりつつある。心なしか雲が多いし、一つ山の向こうには黒い雲がある。夕立が降るかもしれない。

慣れ親しんだタニキ村は遥か遠くで、もう肉眼では確認できなかった。

「ん？」

影が映り込んだのか、そそり立つ岩のてっぺんがやけに黒く見えた。

穴でも開いているのかとシベルが目を凝らすと、そこには熊より大きな何かがいた。ゆらゆらと煙や陽炎《かげろう》のようにその輪郭は蠢《うごめ》いている。

顔ははっきりわからないが、シベルはソレと目が合った気がした。

その途端、今まで感じたことのない悪寒を覚え、急いで籠の中に身を隠す。

(なんだアレ？　父ちゃんが捕まえてきた獲物とは全然違う)

生まれた時からタニキ村に住んでいるシベルは、都会っ子よりずっとたくさんの動物や昆虫、魔物を見たことがある。

しかし、明らかにそれらとは違う。あの黒いのは異質だった。

「どうしたんだい、シベル？」

急に黙り込んで外を見るのもやめた息子を、ジーナが不審げに見た。

何度注意しても、時間を置くと懲りずに外を見たがっていたシベルの異変に、彼女は首を傾げる。

「な、なんでもない」

「そうかい？　風に当たりすぎたんだろうね。山の上は寒いから」

その時、がくんと籠がバランスを崩した。

ジーナは咄嗟にシベルを抱きかかえ、守るように身を強張らせた。

シベルは抱きしめられて、押し倒される形で宙を仰《あお》いだ。

突然のことで呆けた彼の目に映ったのは、破れたワイバーンの飛膜と、切れたロープが空中でたわむ姿だった。

傾いた籠から、滑るように荷物が空に投げ出される。乗っていた人々は青い悲鳴を上げながら、必死に籠にしがみついた。

ロープは複数個所留められていたので、すぐに真っ逆さまにひっくり返りはしなかったものの、大きく姿勢を崩した。

籠を引っ張っているワイバーンは翼が傷付いて思うように飛べず、無様《ぶざま》に翼をばたつかせている。

竜騎士の一人が声を上げる。

「敵襲だ!!　何かに襲われているぞ！」

シベルはただ震えていることしかできなかった。

ワイバーンの背に乗った竜騎士たちは地上から飛んでくる攻撃を避けながらも、運んでいる籠と人が落ちないように動きを制限していた。

何か揺らめく影のようなものが、高速でこちらを追いかけてくる。

それを見た竜騎士は息を呑む。

（なんだあれは！　ブラッドウルフじゃない！　奴らはあんな動きをしない！）

先日も追いかけてきたブラッドウルフがいたが、全くワイバーンの飛行速度に追いつけなかった。

川を越え、山を越えれば、恨めしそうにこちらを見ながらも諦めていた。

そもそもブラッドウルフは、物理的な攻撃力やタフさはあるが、その本領が発揮されるのは接近戦においてで、空中戦が全くの不得手だ。

完全に空高く舞い上がった後では、手も足も出ない。

少なくとも、前回の輸送の時はあの黒い影のような魔物はいなかった。

それでも、歩き方やシルエットが狼と似ているので、竜騎士の脳裏にはどうしてもブラッドウルフがちらついた。

「クソ！　アイツ速いぞ！」

一緒に運んでいた別の竜騎士が、忌々しそうに声を上げた。

こちらから弓を放っても、〝黒い狼〟は巨体に似合わぬ俊敏《しゅんびん》さで躱《かわ》してしまうのだ。

そして黒い狼は魔法を使えるのか、下から攻撃を飛ばしてくる。

ぼんやりしていれば村人を乗せている籠のロープを切られるし、下手をすればワイバーンが仕留められてしまう。

人の命を運んでいる状態では思うように身動きが取れず、なかなか反撃ができない。

（繋いだロープがある以上、下手に旋回や大きな動きもできない！　距離を取ろうにも絶え間なく攻撃を仕掛けてきやがるから、上昇する暇がない！）

竜騎士たちは歯噛みしながらも、一進一退の攻防を演じる。

相手は一匹だけなのに、村人という庇護対象がハンデとなって、上手く攻勢に転じることができないのだ。

竜騎士やワイバーンの焦燥を嘲笑《あざわら》うかのように、また一本ロープを切られて、村人から悲鳴が上がる。

それに気を取られると、また一つ飛膜に穴を開けられ、ワイバーンが苦悶《くもん》の鳴き声を上げた。

数はこちらが勝っているのに、どんどん劣勢になっていく。

「村人は籠にしっかり掴まれ！　中に手すり代わりのロープがあるから掴んで！」

竜騎士に続いて、隊長が声を張る。

「俺がしんがりを務める！　時間を稼ぐから、村人を早く避難させるんだ！」

戦うのは分が悪い。多少強引にでも、ここから逃げた方がいい。

きっとがら空きの背後を狙ってくるだろうが、このままではまとめて墜落《ついらく》してしまう。

とはいえ、隊長が操るワイバーンは何度も仲間を庇って傷が目立った。

籠に繋がっていたロープを切り離し、わざと接近して大きく飛び回って狼の気を引こうとする。

打ち付けてくる強風と、肉薄する巨体に、黒い狼は低く唸った。

「騎士様！　これを！　シン君からの薬です！」

片手に息子のジャックを抱きしめながらそう叫んだのは、エイダだった。

彼女は竜騎士たちに助力しようと奮い立ち、瓶に入っている薬を投げる。

いざという時のためにと、一通りの薬は持たされていた。その中には傷薬になるポーションだってある。万一の備えをこんなに早く使う羽目になるなどとは、誰も想像しなかっただろう。

だが、その瓶が隊長の手に渡るより先に、下からの黒い一閃が瓶ごと薬を飛び散らせた。

ガラスの破片と中の薬が、陽の光を受けて輝きながら広がった。

「ああ！」

落胆《らくたん》と驚愕の悲鳴を上げたのは、誰だっただろう。

少なくとも一人二人の声ではなかった。

しかし、予想外に事態は好転する。その飛び散った雫《しずく》は触れた全ての人やワイバーンの傷を癒し、結果的には広範囲回復魔法に匹敵する効力になった。

少し遅れて、それは地上にいた黒い狼にも降り注いだ。

雫が当たった部分から、白く細い煙が上がる。

「Gyaaaaaaruooooo!?」

絶叫が響く。傷が癒されるどころか、まるで劇薬でも浴びたようにのたうつ黒い狼。かかった薬を落とそうと、必死に背を地面にこすりつけて暴れている。

先ほどまで竜騎士を翻弄《ほんろう》するように駆け回っていたのが嘘のように、黒い狼は無様に体をくねらせている。痛みで走るどころか、立ち上がることすらできない。激痛から逃れるために転げ回っていた。

その様子を唖然《あぜん》と見つめる人々。

だが、少しすると痛みが引いてきたのか、黒い狼は憤怒《ふんぬ》を纏わせて起き上がった。すでに余裕はなく、ひたすら憎悪に煮えた目で、人々やワイバーンを睨みつけていた。

「もう一発食らいなさい！」

果敢《かかん》にもエイダが振りかぶり、宣言通り二本目を投げた。

しかし今度は黒い風に吹き飛ばされてしまう。

ポーションはてんで違う方向に落ちていき、エイダに続いて応戦しようとしていたジーナや、他の村人たちの動きも止まる。

それどころか、黒い風の余波で籠が揺れ動いて、しがみ付くのに精一杯だ。

「うわあ！」

「シベル！」

大きな揺れで、シベルが籠の中を転がった。それを庇ってジーナが抱き止める。

だが、続いてさらに大きな揺れが襲い掛かり、ジーナが外に放り出されそうになった。

「母ちゃん！」

シベルが母親を籠の中に引っ張り戻そうとするが、上手くいかない。幼い彼より、成人女性のジーナの体格が上であった。

なんとか縁に掴まったものの、ジーナの半身は籠の外で揺れている。腕と肩が引っ掛かり、持ち堪えているだけだ。

半分パニックになり、泣きじゃくりながらも、シベルは母親を救おうと奮闘する。

だがそれを嘲笑うように、黒い狼からの連撃は続く。

どうにか振り落とされまいとするジーナだったが、度々襲う衝撃に落ちてしまうのも時間の問題だった。

中にいる人たちもシベルと共にジーナを助けようとするものの、そんな彼らをまるで弄ぶかのように揺れは続いた。

救助は遅々として進まない。それどころか、少しずつジーナは下にずり落ちていっている。

「あー！　もう！　邪魔するなよ!!」

最初は恐怖で混乱していたシベルだが、救助の邪魔をしてくる黒い狼への怒りが勝りはじめる。

手荷物からシンお手製の丸薬を取り出すと、泣きじゃくって涙や鼻水や涎でべっしょべしょの顔で投げつけた。

だが、一気にたくさん握り込んでいた上に、怒りに任せた行動だったので、暴投になった。

バラバラに散らばる丸薬は、黒い狼には当たらず、周囲の地面に叩きつけられて砕けた。

鼻で嗤《わら》おうとした黒い狼だが――直後、強烈な臭気に咳き込んだ。

ぜんそくやアレルギーの重症患者並みに、くしゃみとも咳ともわからない動作を絶え間なく続けている。

当然、そんな状態ではまともに動けない。

「今の内だ！　逃げるぞ！」

ギャンギャンと憎らしげに吠えようとして、むせる黒い狼。

攻撃を飛ばそうにも、臭気に集中力が削がれて途中で崩れてしまう。

ここが最大の好機だと判断した隊長の立て直しは早かった。

しんがりで後方を警戒しつつ、素早く残ったポーションでワイバーンや怪我人の傷を癒していく。

そして安定したところでロープを繋ぎ直し、落ちかけていたジーナも籠に戻していった。

大きな峡谷《きょうこく》を通る頃には、黒い狼は消えていた。やっと諦めたらしい。

シベルたちは黒い狼から逃げることに成功したのだった。

◆

遠ざかるワイバーンと人間たちの方角を見て、黒い狼は忌々しげに唸る。

周囲にはいまだ不愉快な臭気と、ヤツの神聖な気配が混在している。

嫌で、嫌でたまらない気配。

まだ力が小さいと知っていた。そして同時に、今なら仕留められるはずだ。

あと少し成長したら、ヤツの眷属が増えて強くなったら、手が付けられなくなってしまう。

彼の本能がそう警告していた。

——ようやく、忌々しい戦神バロスの気配が消え、戦神を祀《まつ》る人間たちが弱くなったのに。

黒い狼は苛立ちに口元を歪める。

かつて彼を封印した連中は死んだ。結果、細々と重ね掛けしていた封印が途切れた。あのままなら、あと百年くらいは目覚められなかっただろう。

封印の守り手である聖職者——失墜《しっつい》した連中——は保身に走り、黒い狼を封じていた祠《ほこら》を放棄したのだ。

他の神々はまだ彼に気づいていない。だから、最初は小さな生き物を食らって、徐々に大きな獲物を狙い、自分と波長の合う狼を基盤とした眷属らを作り上げた。

ある程度その勢力が大きくなったので、次は人を食らうことにした。

人は肉、魔力、魂が養分として優秀なのだ。

獲物を探していた時、彼は蠱惑的な気配を感じた。神の気配を強く帯びた子供。

——これを食らえば、かつての力を取り戻せる。

魔王の配下ではなく、魔王になれると確信できる強い力。

だが、黒い狼がすぐに食らうには難しかった。弱らせないと養分にできない。

仕方なく他の獣や人を襲い、力を蓄えていた。そして力が溜まりはじめると、集落を襲った。

見たところ、加護を得た子供はあまりその力に自覚がなさそうだった。大抵たくさんの人間に囲まれ、守られている。それがいい証拠だ。

ぽたり、と黒い獣の口から涎が落ちる。

若くて瑞々《みずみず》しい血肉は、どんな味がするだろう。その魂に牙を突き立てたら、どんな甘露《かんろ》より美味なはずだ。

絶望に染まる表情と心を想像して、黒い狼は期待に体を震わせる。

欲望に呼応するように、僅かに開いた口から牙が出てきた。

夜がとっぷりと更ける頃には、投げつけられたポーションの傷は消えていた。

その狼はヴァンパイアウルフ——夜に生きる闇の存在だ。

当然、夜の闇は彼の能力を飛躍的に向上させる。

彼が黒い風を起こすと、周囲に残っていた不快な臭気は消えた。

それを確認し、上機嫌に長い尻尾を揺らして踵を返す。

最初に逃げた獲物は様子見として見送った。今回の獲物には思いがけない反撃をされた。

だが、ヴァンパイアウルフは知っていた。

まだ、集落に極上の獲物が残っている。ワイバーンと共にいた厄介そうな人間は一緒に移動したので、集落の残りはだいぶ減っただろう。その連中が集落に戻るまで、数日かかるのも知っていた。

狼らしからぬ悍ましい表情が浮かぶ。

嗜虐《しぎゃくてき》的な笑みで、ニイと口角を上げるヴァンパイアウルフは、今度こそ闇夜に消えたのだった。

◆

深夜になっても妙に神経が研ぎ澄まされて、ルクスは寝付けないでいた。

遠くから梟《ふくろう》の鳴き声や、虫の奏《かな》でる音が響いている。昼間とは違い、夏の夜は山からの風が涼《すず》しく心地よいはずなのに、眠気が来ない。

ついには寝台から起き上がり、寝間着のまま部屋の外に出た。

理由はわかっていた。何故かルクスやパウエル宛の伝書が来ない。それが気がかりで仕方がなかった。

(今日も連絡が来なかった。シン君には来たというのに……何者かに妨害されている可能性が出てきたな。でも、それをしているのは人とは限らないかもしれない)

ティンパイン王国としても、神子は大切にしたい存在だ。

その扱い方について貴族内で見解が分かれて派閥《はばつ》があるとはいえ、失ってもいいと思っている者はゼロだろう。

国の方針もシンの心証を悪くしないために、彼の希望に添ってギリギリまでタニキ村の人々を守ることにした。

神子である彼を真っ先に逃がすべきだという意見もあったが、逃がした後に村が壊滅的な状況になろうものなら、シンは深く傷つくだろう。

一度故郷を失ったシンが再び故郷を失うのは、あまりにも残酷だ。

悲しんで、恨んで、愛着あるタニキ村から引き剥《は》がすためにわざと見捨てたと思われても仕方がない。シンはそういった感情を静かに胸の奥底に沈め、ずっと燻《くすぶ》らせるタイプだ。年齢の割に感情のコントロールが上手いが、無神経というわけではない。

ルクスはたくさんの可能性の中で、最悪なパターンを考える。

(これは予定を繰り上げた方がいいかもしれない。強行軍になっても、村人の余力はあるから、できるはず。残っているメンバーは体力もある若手が多いのは幸いだ)

あと二回に分けていく予定だった。

残りのメンバーは、女子供より体格が立派な者が多い。その分、重さや大きさ的な総コストが高い。

だが、現状を考えれば多少強引でも、一度に移動させた方がいいかもしれない。

ティンパイン王国からの討伐隊がいつ来るとはっきりとわかっていないのも、そう考える理由の一つだ。

救援を当てにしすぎて、期待を下回った時のリスクが高い。

その時、ルクスは裏庭で何かが月の光に反射するのに気づいた。

目を凝らすと、人がいて、何か長いものを振るっているのがわかる。

うっすらと見えるシルエットでそれが誰か気づいたルクスは、部屋から出てその人物のもとへ向かった。

「九十七！　九十八！　九十九！」

そこにいたのは、真剣を持って一心不乱に素振《すぶ》りをするアンジェリカ。

彼女もまた眠る気になれず、雑念を振り払うために鍛錬《たんれん》をしていたのだろう。

暇さえあれば筋トレや素振り、型の練習などを繰り返している。

夜の風は涼しいが、運動しているアンジェリカの額には少し汗が浮かんでいた。

「お疲れ様です。アンジェリカ」

「ひゃくぁああ!?　……ルクスですか。驚かさないでください」

「驚かせるつもりはなかったのですが」

素《す》っ頓狂《とんきょう》な悲鳴は上げたが、剣は手放さなかったのがアンジェリカらしい。情けない姿を見られたのが悔しいのか、ちょっと恨めしげにルクスを睨む。

ルクスはそんな彼女を微笑ましく思う。

一途《いちず》にひたむきな努力を重ねるアンジェリカに、ルクスは惹かれたのだ。容姿も美しいが、それ以上にその性格が好ましい。

いつしか、互いの名をそのままで呼び合うようになった。

「ルクス。また夜更《よふ》かしをしていましたね?」

ルクスが全く眠気の欠片《かけら》もない様子に気づき、また睡眠時間を削っていると思ったようだ。ルクスを見るアンジェリカの目がじっとりとしていた。

「貴方《あなた》こそ、こんな時間に起きているではありませんか」

「それはその……今日はなんだか目が冴《さ》えてしまって」

そう言って剣を鞘《さや》に仕舞うアンジェリカ。

村は結界が守っているし、櫓には交代で見張りの人員がいることも知っている。それでも落ち着

かないのだろう。

「ルクスはまた王都への文書を？」

「ええ、作成したいところですが、ここ数日連絡が途絶えているのです。シン君に懐いている魔鳥以外の伝書が来ていません。あれからも、ずっと」

「え!?　それは……何者かが邪魔を？」

「人ではなく、獣や魔物の可能性が高いでしょう。ティンパインやタニキ村の関係者がやるとは思えない。デメリットが多すぎる」

一羽くらいなら理解できる。だが、一日に数羽来ることもある連絡がぱったりと途絶えたのは、違和感しかない。

猛禽類《もうきんるい》や魔鳥などの強い種に襲われたり、人のように弓や魔法で攻撃できる魔物に襲われる可能性はあるとはいえ、全てが狩られる可能性は低い。

タニキ村は今まで権力闘争とは無縁で、パウエルは恨みを買うような人種ではない。

シンが神子であることは伏せられているし、政《まつりごと》と縁遠い第三王子のティルレインがいるだけ。

そのティルレインもすでに避難しているのだから、残る貴族はルクスとパウエルである。アンジェリカは家を追い出された身なので、貴族にカウントするのは微妙だ。

アンジェリカの生家のスコティッシュフォールド家の関係者は彼女を潰したがるかもしれないが、そんな力はない。まともに教育を受けていない当主のせいで傾きつつある家を、ぎりぎり保っているような状態だ。

スコティッシュフォールド家に残った汚物どもは、使用してはいけない権力を行使しているだけである。

それは置いておいて、避難先の受入れ状況を確認できないまま出発するのは少々心許ない。

「想定より状況は悪いかもしれません。今回の飛竜隊が戻ったら、すぐさま避難を開始した方がいいでしょう」

タニキ村に人がいなければ、広範囲の殲滅魔法も行使可能だ。

他の集落――バーチェ村は、助けられる見込みがないだろう。

バーチェ村はタニキ村より過疎化が進んだ限界集落である。今回の避難で、動ける者はタニキ村に逃げてきた。

籠城するにも、ただの家屋などあっという間に襲われる。壁などが煉瓦造《れんがづく》りの家も多少あるが、窓やドアはそうもいかない。

非情な判断だとしても、悠長に構えていられる状況ではないのだ。

シンの言っていたヴァンパイアウルフという魔物も気がかりである。

王都に前例の調査依頼を送ったが、当然その返事も来ていない。

「こうなると、こちらからの手紙が届いているかも微妙ですね」

見えない悪意に少しずつ絡めとられているようで、ルクスは気分が悪くなった。

彼が感じている気味悪さに共感したのだろう。アンジェリカの表情が曇った。

それから数日――手紙が途絶えただけでなく、竜騎士たちも戻らなかった。

◆

事態は緩やかに、しかし確実に悪化する一方だった。

まずは結界、そして食料の限界が近づいている。村人もずっと戦場のど真ん中に置かれた状態で疲弊していく。

不安と焦燥が増して、日を追うごとに空気がピリついてきた。

飛竜隊は戻ってこないし、王都からの連絡も途絶えている。

ワイバーンがいなければ空路は使えない。自前で調達しようにも、高級騎獣のワイバーンが田舎にいるはずもなく、逃げることもできない。

ジリ貧になるのも時間の問題である。村のどんよりとした空気に、シンは静かに嘆息した。

(空気、最悪だな)

そんなシンの心を読んだように、ビャクヤが言う。

「空気ごっつぅ悪いな」

「仕方ないでござる。彼らは軍人や傭兵《ようへい》ではなく、村人でござるよ。不安で心が乱れることもあるでござる」

カミーユは理解を示しながらも友人を宥める。

今日の三人は、結界や柵に異変がないか見回りをしていた。

「なんか巻き込んじゃって悪いな」

シンは思わずといった様子で謝罪の言葉を口にした。

二人にはただ、田舎で住まいと引き換えに駄犬王子のお守りをさせるだけだったはずが、今ややバい災厄級モンスターとの籠城戦である。

ノーマルモードから、ハードやベリーハードを吹っ飛ばしてアルティメット級に難度が上がっている。

カミーユが首を傾げて、紺色のポニーテールを揺らす。

「うん？　何がでござるか？」

「シン君のせいじゃあらへんし。王都に居ても素泊まりと野宿で採取や魔物退治しながらカッツカツに過ごすのは目に見えてたんや。ここなら寝床も飯も風呂もある！　問題なし！　財布に優しいのが何よりや！」

ビャクヤはそう言い切った。

シンはお風呂大好き日本人なので、当然マイホームに付けたが、庶民からすればお風呂は高級施設だ。公衆浴場などはあるものの、個人所有しているのは富裕層が多い。

そんな場所がプライスレス——価格で表わせないのではなく、無料という意味で——というのは、ビャクヤにも魅力的だったのだろう。

カミーユもビャクヤもそれなりの部族や家柄の出身だが、その恩恵を大きく受ける側ではなかった。なので、感覚が平民寄りである。ティンパイン王国に来てからは、家の援助なんてほぼゼロなので、なおさらだ。

「しかし、国は動くのでござるか？　相手は厄介そうでござるが、ここはド田舎でござるよ？」

心配そうに言うカミーユに、ビャクヤは肩を竦めて答える。

「そやな。テイランなら一発で見捨てるやろ」

そのテイラン王国出身の二人の扱き下ろし方が酷かった。テイランでは弱者切り捨ての風潮があり、その結果富や栄誉が一点集中しているのだ。

「ルクス様は残っているし、パウエル様はつい最近王家に目を掛けられたばっかりだしさ。それに、王子の療養先だし大丈夫じゃない？」

絶対救出に来るはずだとシンは確信していた。

公式神子である彼がいる限り、ティンパインは見捨てることはないだろう。

加護を受けた存在は国を挙げて保護して、もてなすのが基本らしい。

（でも、竜騎士さんたちが戻ってこないのは気になるなぁ。なんかあったのかな？）

その時、シンは視界の隅で見慣れた馬が柵の傍にいるのに気づいた。

下に顔を向けているから草でも食んでいると思ったが、そこには剥き出しになった黒々とした湿った土が広がっている。穴掘りでもして遊んでいたのだろうか。もしくは、何かミネラル的な栄養素の味でも感じたのかもしれない。

シンと同じものを見つけたビャクヤが、意外そうな声を上げる。

「ピコちゃんやん。脱走なんて珍しい」

声が届いたのか、ピコは耳を揺らしてこちらをちらりと見たが、耳を動かしてまた穴の方に目を向けた。気になる音でもしたのだろうか。

「モグラでもいるでござるか？」

カミーユがそう言いながら、穴を気にしつつもピコに近づこうとする。

シンは怪訝に思った。普段のピコなら、主人であるシンを見つけるとすぐに駆け寄ってくるはずだ。

もしや体調が悪いのだろうか。この前あげた、獣神キマイラからの進化アイテムで、食あたりでも起こしたのかと、思いを巡らす。

その時、穴がもこもこと動き出した。明らかに普通のモグラのサイズではない。

ぎょっとしたカミーユは鞘から剣を抜く。

土を振り払って出てきたのは、真っ赤な毛並みに獰猛な牙を口から生やした狼だった。

ブラッドウルフだ。まだ全身は出ていないが、顔の大きさからして中型犬から大型犬くらいのサイズはありそうだ。

ブラッドウルフとしては小柄だが、思いがけない遭遇に、空気が凍り付く。

誰かが警告する前に、その出たばかりの頭にピコの蹄がめり込んだ。

ピコはグラスゴーより小柄とはいえ、なかなかに立派なサイズだ。カミーユやビャクヤを二人乗せても軽快に走る筋力も持っている。

当然ながら、地面にリターンする——というか、うねうねと動き出した土にずぶずぶ埋まっていくブラッドウルフ。断末魔の悲鳴を上げることなく、土へと帰った。物理的に土に還《かえ》るのも時間の問題だろう。

(……やけに土が黒っぽく見えたのって、もしかして)

湿っていただけでなく、ピコが魔法でコネコネして、村人の安全と自然環境に配慮したのだろう。

三人の中で一番魔力の強いシンは、ピコが足元にナイナイしたブラッドウルフが原形を留めていないことがわかった。

ピコは土から器用に魔石だけ回収して食べている。ブラッドウルフの魔石は毒々しい赤色だった。

「ひえええ……」

「ピコちゃん……いえ、ピコさん」

カミーユとビャクヤが真っ青になった。二人にとってブラッドウルフは、まだ恐怖の対象として焼き付いている。それをピコはワンターンキルどころかワンパンで倒し、おつまみ感覚で魔石をもぐもぐしている。

「こいつら、柵と結界の下を掘り進めて入ってきたのか。報告した方がいいな」

柵は点検したが、地中なんて気にしているはずがない。

シンは魔力を通し、周囲一帯の柵の下の地面をガチガチに固めた。

とりあえず、地下には先ほどピコが倒したブラッドウルフしかいなかったようだ。

「激烈ヤバいやん。結界は地下に効果がないみたいやな」

「警備が薄く、地盤が柔らかい場所を狙って掘ってきたでござるか」

青い顔をしてビャクヤとカミーユが唸る。

「柵の支柱近くは、柵を作る時に固めたけど……多分、こういう場所、他にもあるよな」

柵を作っていた時はだいぶ硬い地面だと感じたので、狼たちが穴を掘ってくるとは思わなかった。

ピコが気づかなかったら、大惨事になっていただろう。

シンは偉い偉いとピコの顔や首筋を撫でて、ご褒美《ほうび》のポーションを与える。ピコは嬉しそうに一気に呷《あお》って飲み干した。真夏の仕事終わりのビアガーデンを思わせるナイスな飲みっぷりだ。

「ピコ、他にヤバそうなところある？」

シンがダメもとで聞いてみると、ピコはこっちだよと言わんばかりに歩き出した。

歩調がゆっくりとしているので、今の場所ほど緊急性はないのかもしれない。

ビャクヤは顔を真っ青にするが、人肉大好きな狼に地中からコンニチハなど二度とされたくないので、急ぎ足でついていく。

「あるんかい！」

「また見直しでござるなー」

ちょっとトホホ顔だが、背に腹は代えられないと、カミーユも続いたのだった。

その後、ピコの示す場所をシンが魔法で補強して回り、作業が全て終わる頃には終了予定時刻を大幅に過ぎていた。

お腹もペコペコになり、喉《のど》も渇いていて、三人は家に着くとすぐに冷たい水を一気に飲み干し、トマトやキュウリにかじりついた。

少しお腹が満たされたところで、シンはようやく料理をする気になった。

「ジーナさん、いないんだよなー……言っておくけど、あんまり期待しないでよ？」

うどんやパンをこねるのは面倒なので、クレープを作ることにした。

少し多めに入れたバターと一緒にジャガイモ、タマネギ、ベーコンを炒めて、塩と胡椒《こしょう》を振ったら、クレープに巻いて完成である。

シンが総菜クレープを作っている間、他の二人はサラダを作ったり、井戸から水を汲んだりして、それぞれ用意していた。

テーブルに着いたカミーユは、勢いよくクレープにかぶりついて破顔した。

「美味でござる！　これは胡椒も使っているでござるな！」

「ちょい濃い目の味なのがええな！」

ビャクヤも上機嫌に尻尾を揺らす。

「労働の後は味が濃いのが食べたくなるからな」

シンもかぶりつきながら、クレープの出来に満足する。

育ち盛りとしては「がっつり肉！」と言いたいところだが、現在村は閉鎖中。外に狩りに出ることはできないから、毎食肉というわけにはいかない。

異空間バッグやマジックバッグの中に在庫があるとはいえ、計画的に使うべきだ。

夜にはしっかり食べるつもりだが、万一のために備蓄しておく必要もある。

（マジックバッグとか持っている僕がレア事例なだけだし、他の家は干し肉とかあんまり貯蔵して

いないだろうからね……贅沢《ぜいたく》してやっかみを買いたくないし)

多少分けられるくらいの余裕はあるが、大盤振る舞いはできない。

いくら基本平和なタニキ村であっても、この緊張状態でみんな神経を尖らせていた。嫉妬《しっと》や欲望が事件を起こす場合がある。

平穏なスローライフを望むシンは、トラブルを防ぐために、自分が持つスキルもレアアイテムも、今まで秘密にしていた。

(なのに、なんでこんなトラブルばっかり……! いや、テイランにいたらもっと修羅場《しゅらば》だったけどな!?)

あの国にい続けていたら、今の比ではないくらいデンジャラスな日々だろう。

カミーユとビャクヤの会話から溢れ出るテイランの業《ごう》というか、闇深い所業の数々。モラルがお留守――むしろ家出中。小学校低学年の道徳からやり直した方がいいレベルだ。

本当に、あの国に残らなくて良かった――シンはつくづくそう思った。

夢中で昼食にがっついていたカミーユが、ようやく一息つく。そして、ふと思い出したように口を開いた。

「そういえば、シン殿」

「ん?」

「厩舎にグラスゴーがいなかったでござるが、どこかに貸したのでござるか?」

ピコに続いてグラスゴーまで脱走していたとは、寝耳に水である。シンは危うくクレープを噴き出すところだった。

グラスゴーはシンに対してはフレンドリーな馬だが、その他大勢に対してはアンタッチャブルなところがある。

下手に騎乗しようものなら、ウィリー走行待ったなし。背中に跨る糞野郎を全力で振り落とす死のギャロップまでついてくる。それ以外にも、噛みつきや角攻撃までオプションがメガ盛りだ。

ちょっとお触りの時点でハードルの高めなグラスゴーを、シンは無闇《むやみ》に放牧も貸し出しもしない。

「さ、探してくる！」

シンは残ったクレープを口の中へ突っ込んで、それを水で押し流し、大慌てで外に出た。

（結界があるから、村の外には出ていないはず！　でも見回りの時点で、それらしき姿はなかった……どこに行ったんだ⁉）

基本的に賢く良い子の二頭が、こんな時に奔放《ほんぽう》に動き回るとは。

少なくともピコは村の危機に動いたようだが、グラスゴーはわからない。

厩舎に着くと、カミーユの言葉通り、ピコが一頭で飼い葉を食んでいた。

グラスゴーの分は手つかずのままこんもり残っている。水もたっぷり残っている。

（この様子じゃ、だいぶ戻ってきてないな）

シンたちが出かけた時点では厩舎にいた。見回りしている間に抜け出した可能性が高い。

そもそも、この厩舎も閉じ込め型ではないのだ。出口は庭に続いているし、庭の周囲にある柵は境界線程度の意味しかなく、子供でも越えられる低いものしかない。グラスゴーならあっさり越えられる。

「ピコ、食事の最中なのにごめんな」

自分の足で探すより、ピコに乗って探した方が早い。

シンに馬具を装着されても、ピコは嫌がらずに受け入れる。そしてシンが跨ると、軽やかに駆け出した。


まずシンは、村でも一番見晴らしの良い場所に向かった。グラスゴーは巨体だし、見つかる可能性は十分あった。

シンはそこから村を見渡したが、グラスゴーらしき姿はない。

その後も、ピコに村中を走り回ってもらったものの、見つからない。村人に聞いても、やはり見ていないと言う。

(まさか外？)

村の周囲には、櫓よりも高い結界が張り巡らされている。

しかし、上部が塞がっているわけではないので、それ以上の高さで跳躍すれば出られなくはない。

グラスゴーの身体能力なら、十分できそうである。

ちらりとピコを見る。

獣神キマイラによれば、ピコはグラスゴーに劣らぬ特別な資質を秘めているらしい。

だが、現在のところその兆候《ちょうこう》は見られない。

（外に連れていって大丈夫か？　前にブラッドウルフは蹴散らしたけど、万が一親玉のヴァンパイアウルフまで出てきたら……）

グラスゴーは戦闘向きの魔馬だ。屈強《くっきょう》な肉体に、膨大な魔力を持っている。デュラハンギャロップという種族は「蛮勇殺《ばんゆうごろ》し」と言われる獰猛さだ。

ピコはジュエルホーン。魔馬ではあるが、性格は温厚。騎獣としては優秀で、普通の馬よりは断然強いとはいえ、気性や能力は戦闘向きではない。

外にいる敵の脅威は数だ。いくら雑魚であっても、多勢に無勢では押し負けるかもしれない。探しに出て、もしも囲まれでもしたら危ない。

それは、行方不明のグラスゴーにだって当てはまる。

「……どこ行ったんだよ、グラスゴー」

シンの不安げな声に、ピコが振り向く。

グラスゴーを探し、すでに村を三周くらいはしている。目ぼしい場所は行き尽くした。もう、村の中にいる可能性は絶望的なくらい探し回った。

やはり外なのかと、シンは暗澹《あんたん》たる気持ちで村を囲う柵へ視線を向ける。

もし誰かに外に行きたいと相談したら、止められる。かといって黙って出て行けば、無事戻ってきてもしこたま怒られるだろう。

それでも、グラスゴーを放って家で待っていることなどできない。

パン！　と顔を叩いて気合を入れ直し、シンは人目を避けて外に出られそうな場所を探しはじめる。

しかしその時、村の入り口が騒がしいことに気づいた。

正確に言えば、櫓の上にいる見張りが何やら大騒ぎしていた。

（ブラッドウルフの襲撃？　だったら鐘を鳴らすよな……まさかバーチェ村の生き残りや、他の村からの避難民が来たのか？）

それでもやはり緊急事態を知らせる鐘は鳴るはずだ。

よくよく耳を澄ますと、遠くから一定のリズムで何かを叩く音が聞こえる。

櫓の見張り役はシンに気づくと、何やら腕を振り回して身振り手振りで何かを訴えていた。叫んでいるが、聞き取れない。

シンはできればすぐにグラスゴーを探しに行きたかったが、仕方なく櫓に登った。

「何事ですか？」

そこにはハレッシュもいて、彼は村の外を指さした。

「あれ！　あのでっかいの、シンの馬じゃないか⁉」

彼が指さした先には、ブラッドウルフを蹴散らして力強く走り抜ける真っ黒な巨躯の馬がいた。

ついでに言うと、口に何か人間っぽいものを咥《くわ》えている。

ブラッドウルフはグラスゴーの足蹴りを恐れているが、それでも咥えている人間が欲しいのか、隙を窺《うかが》いつつ追いかけ、飛び掛かっては蹴り飛ばされている。

シンは一瞬ヒヤッとしたものの、グラスゴーの動きに違和感を覚える。

妙に無駄な動きが多い。その割に焦燥感は伝わってこない。むしろ、その逆の気配すらする。

腕を組んで観察し続けると、一つの結論に至った。

「あー、ありゃおちょくってますね。ブラッドウルフで憂《う》さ晴《ば》らしをしています」

グラスゴーには明らかに余裕がある。脚の動きや、ちょっとした仕草から読み取った。

妙にぴょんぴょん飛んで隙を作って誘い込み、近づいてきたブラッドウルフを蹴り飛ばしている。

「どういう危険な遊びしてんだよ！　お前の馬は！」

さっきとは逆の意味で声を張るハレッシュ。シンも頷きつつ、遠い目になる。

「引き籠り生活でストレスが溜まっていたんでしょーね」

今度は怪我をしているふりか、グラスゴーが後ろ脚を不自然に浮かせている。

負傷したと思って飛びついてきたブラッドウルフを空高く蹴飛ばしたのだから、間違いなくふりである。おまけにブラッドウルフたちを小馬鹿にして、哄笑《こうしょう》の如《ごと》く嘶《いなな》いている。

あそこまで虚仮《こけ》にするとは、大変に良い趣味をしている。

シンはブラッドウルフに同情はしなかったが、ずっと囮扱いされている人が可哀想《かわいそう》だった。

悲鳴を上げられないほど疲れ切っているのか、意識がないのか、やけに静かだ。ただ、グラスゴーが守る様子が見て取れるから、生きてはいるはず。

今までの心配が吹き飛び、シンは呆れのあまり溜息をつく。

その間にも軽快に高く蹴り飛ばされる音と、狼の悲鳴がこだました。

「グラスゴー！」

呼びかけると、愛馬はシンの方を向いた。ハレッシュをはじめ、他の村人たちの呼びかけにはフルシカトだったというのに、全く反応が違う。

シンはグラスゴーに見える高さにポーションを掲げ、目立つように振りながら声をかけ続ける。

「おやつだよー！」

その効果は覿面《てきめん》で、グラスゴーは黒い目をキラキラというよりギラッと輝かせ、まっすぐこちらに向かってくる。

どうやって入るつもりかと思えば、まずは地面を蹴り上げ、宙を蹴ってさらに高度を上げてあっさりと柵と結界を越えて村に入った。

その巨体の重量や、咥えている人間（成人男性）一人分の重さを微塵《みじん》も感じさせない、見事な跳躍である。

（空を駆けやがったーーー!!）

一瞬だけ魔力で足場を作ったたか、蹄から強く魔力を放出したのだろう。

グラスゴーは間違いなく、空中を蹴った。

シンは素早く櫓から下りると、グラスゴーに近寄る。

グラスゴーは「もういらん」とばかりに、咥えていた人間を地面に落とした。弄ばれていたその青年は、噛まれていた背中の部分がべっちょりと涎で汚れている。

しかしそんなことより、無事に地面に下りられたことに安堵し、放心している。恐怖からか、振り回されて酔ってしまったのか、顔色は完全にグロッキーだ。

「どっから拾ってきたんだよ、その人。ハイ、おやつ」

呆れたシンから貰ったポーションを、グラスゴーは一気に呷る。

同じように櫓から下りてきたハレッシュは、ぐったりとした青年を怪訝な顔で見ている。

何か思い出せないような、引っかかるような表情だ。やがてはっとして屈むと、涎でべっとりした青年に話しかける。

「お前のその服……討伐隊の兵士か？　先兵部隊用のやつだろう」

ハレッシュの言葉に軽く目を見張ったシンは、改めてグラスゴーが拾ってきた人を見る。

かなり汚れてボロボロになっているが、よく見れば制服っぽいものを着用していた。幸い、大きな怪我はなさそうだ。

ハレッシュが言った通り薄いグレーの丈夫な生地《きじ》に、シンは見覚えがあった。ティンパインの王城で見たものと類似点が多い。

（鎧《よろい》がないから、ぱっと見でわかんなかった）

ハレッシュが水の入ったコップを渡すと、青年は凄い勢いで受け取って、飲み干した。

今まで恐怖で忘れていたが、凄く喉が渇いていたのだろう。

安全な場所に来て、ようやく色々と感覚が戻ってきたようだ。

喉が潤《うるお》って落ち着きを少し取り戻した兵士が、ハレッシュの質問に答える。

「そ、そうです。討伐隊の斥候《せっこう》を担当しています。早馬を使い、タニキ村の周囲にいる魔物の規模や潜伏数を把握するために来ていました」

本来はしっかりした性格なのだろう。自分の使命を全《まっと》うしようとする懸命な姿勢が感じ取れる。ハレッシュも予想通りだったのか、頷いてさらに質問を重ねる。

「じゃあ、チームで来たはずだ。お仲間は？」

「それが……！　途中で化け物じみた大きな黒い狼に襲われて、散り散りになってしまったんです！　退却する予定が、思った以上に狼の分布範囲が広く、群れも大きく……！　私はたまたま、この馬に連れ去られてここまで来ることができましたが、他の仲間は恐らくやられてしまったのでしょう……」

この様子だと、仲間は壊滅的な状態で、騎獣もやられていると考えられる。

偶然がいくつも重なって彼が生き残れたのは、本当に幸運なことなのだろう。

彼の部隊は、討伐前にブラッドウルフたちの数や行動を把握して情報を持ち帰るはずだったが、見つかって襲われてしまった。

王都側でも連絡のぶつ切り状態を憂慮しており、警戒しながら行動していたものの、タニキ村周辺は予想以上に危険地帯だったのだ。

「ここ数日、タニキ村からの連絡が途絶え、飛行するワイバーンに攻撃を仕掛ける謎の黒い狼が目撃されるようになり、決死の思いで来たのですが……」

襲われた恐怖を思い出したのか、青年の顔が真っ青になり、口調がたどたどしくなる。

玉のような汗を浮かべて恐怖に抗《あらが》いながらも、必死に伝えようとしている。

「黒い狼？　赤い狼なら見るが、そんなの知らないぞ」

「やはり、そちらにも伝令は届いていませんでしたか。救援物資も？」

ハレッシュは首を横に振り、顔をしかめる。

ある程度予想していたのだろうが、兵士の落胆の色が大きい。

「届いてないですよ。やっぱり途中で邪魔している奴がいたんですね」

シンも知らないと言えば、ハレッシュの表情はますます険しくなった。

「例の黒い狼か？」

「可能性は高いですよね。実物を見ていないので、なんとも言えませんが」

とりあえず、文字通り命懸けでやってきた兵士を領主邸に運ぶことにする。

彼をグラスゴーに乗せようとすると、言葉にはしなかったが、全身の震えという激しい拒否反応が出ていたので、シンが一人で乗った。そして、ピコがハレッシュと兵士を運んだのだった。


領主邸に着くと、パウエルとルクスがシンたちを迎えた。

兵士から事情を聞いたルクスは、堪え切れないように端整な顔をしかめた。

同席しているパウエルも、暗澹たる表情だ。

「やはりそうでしたか……しかし、頼みの綱の竜騎士たちがこちらに来られないとなると、いよいよもって辛い籠城戦になりますね」

「かといって、脱出も危険だ。村にいる騎獣であの狼たちを振り切れる可能性があるのは、シン君のところにいる二頭くらいだ。だけど、人を乗せた状態だと、難しくなるはず。戦える人間が騎乗していることが前提だと、ブラッドウルフはともかく、黒い狼はどうなるだろう……」

ルクスに答えたパウエルは、自分の村の戦闘員を把握していた。

戦闘員と言っても、猟師や狩人といった生活の糧のために武器を使える村人だ。きちんと戦闘訓練を受けているのは、ハレッシュくらいである。

「その黒い狼がヴァンパイアウルフでしょうか？」

シンがずっと疑問に思っていたことを聞くと、「可能性は高いでしょう」と、ルクスが重々しく言った。

誰も彼もヴァンパイアウルフなる魔物を過去に見たことがない。

色やサイズもブラッドウルフとは異なるうえ、その脅威は未知数。

ブラッドウルフはワイバーンに対して攻撃ができなかったが、黒い狼はできる。魔法かそれに準ずるスキルを持っていると考えられる。少なくともワイバーンを襲うのだから、地の利というアドバンテージを覆す能力を持っているはず。

そしてブラッドウルフとは一線を画す強さということは、リーダー格の可能性が高い。

もし伝書鳥を狩っているなら、相当知恵が回る。伝書の鳥を食料として襲うのは不自然だ。空を高速で飛ぶのだから、狩る労力と釣り合っていない。地を駆ける狼が狙う獲物としては適していない。

「我々もブラッドウルフについては調べられましたが、ヴァンパイアウルフに関しては情報が乏しく……調査のための部隊もこの有様《ありさま》です。断定はできません」

だが、否定もしない。先兵隊は襲撃されて壊滅的な被害を受けた。それを思い出したのか、青年の顔色は悪い。

青年兵の名はセドリック。彼の心の傷は生々しく恐怖を訴えていた。訓練された兵士でも、自分をいたぶり、食料とみなしている獣の群れに追いかけ回されればトラウマになる。

その半分は、玩具《おもちゃ》や囮としてグラスゴーが拾ってぶん回していたのも含まれていたりするが、それは本人のみぞ知る。

やったことはさておき、セドリックがグラスゴーに助けられたのは事実だ。

「こうなると、討伐隊の迎えも絶望的か」

暗い声で、誰もが避けていた言葉を、ハレッシュが口にした。

避難のための飛竜隊は来ない。

村に残っているのは若い男連中が多いとはいえ、大半は兵でなく村人であり、狼たちの迎撃は困難。

そして、一縷《いちる》の望みだった討伐隊は苦戦を強いられている。

村を守っている結界だって、限度がある。

万事休す。八方塞《はっぽうふさ》がりである。

少し考えた後、シンは挙手する。

「焼け石に水かもしれませんが、少なくともグラスゴーはブラッドウルフを倒せます。僕は騎乗できますし、魔法や弓も使えます。村の周囲にいるブラッドウルフだけでも減らして、討伐隊と合流することは？」

先兵隊とやり合ったなら、ブラッドウルフたちはその後ろにいる討伐隊にも目を光らせているはずだ。

籠城するばかりの村人より、戦闘員が多い討伐隊の方に関心が向く。その分包囲網だって手薄になるのだから、突破口ができるかもしれない。

「危険すぎま――」

「却下」

アンジェリカが声高《こわだか》に否を叫ぶより早く、低く重い声でハレッシュがぶった切った。

いつもは陽気な青い目が、鋭く眇《すが》められている。彼はシンを見据え、力のある声で続ける。

「シン。お前の弓の腕は確かだ。だが、あくまで狩人であって、殲滅戦向きではない。奴らは群れで行動する。その中に飛び込むなんて自殺行為に等しい」

ハレッシュはシンに亡き息子たちの面影《おもかげ》を重ねている。

露骨にそれを口にはしないが、息子のように思いシンの健《すこ》やかな成長を願っている。

当然ながら、シンが我が身を犠牲にしかねない役目を担うことを良しとしなかった。

ましてや相手は仇敵《きゅうてき》と言えるブラッドウルフ。因縁《いんねん》の相手だ。ハレッシュにとって、最悪な状況が揃っている。

「それに、シン君がいなくなれば、結界の維持も困難になります。担っている役目をどうか忘れないでいただきたい」

ルクスの含みを帯びた言葉に、シンはハッとする。

王族のティルレインはすでに避難済みだ。

こんな辺鄙な田舎村の救援のために迅速に討伐部隊が作られたのは、まだシンが残っているからである。

シンの副業――ティンパイン公式神子は、王族に匹敵する重要性があった。

昨今猛威を振るう神罰の影響もあり、その重さは増すばかり。下手をしたら国王や王太子に匹敵する。

もしシンが死亡したと知らされれば、リスクを考えてタニキ村は見捨てられるだろう。救出ではなく、ブラッドウルフたちの群れと一緒に焼き払われる可能性だってある。

領主や貴族といっても、パウエルやルクスは国にとって代替の利く存在だ。

対してシンには、ずば抜けた加護と、王侯貴族のコネクションがある。本人は知らずとも、お手製化粧水をはじめとする美容液はロイヤル&ノーブルなご婦人たちに抜群の人気を誇っている。

彼女たちの猛プッシュはシンが思っている以上にゴリゴリの強さなのだ。

会議は行き詰まったまま、その日は解散となった。

家に戻ったシンはもどかしさを感じながら、厩舎でそっと二頭の愛馬に愚痴《ぐち》る。

「僕は何もできないんだな。あんな糞狼、速やかにくたばって、土に還ればいいのに」

大人しそうな顔をして、発言はちょっと神子らしからぬ乱暴さだった。

シンは生まれも育ちも庶民ボーイなので、神子になろうが崇高《すうこう》な慈愛の精神や気品など標準装備していない。

手際《てぎわ》よく二頭のブラッシングを終えたシンは、少なくなってきた干し藁《ほわら》の在庫に気づいて頭を抱えるのだった。

第五章　荒ぶる愛馬たち

その夜、デュラハンギャロップとジュエルホーンは、ジッとアイコンタクトを取り合っていた。

二頭の考えは一致していた。

大事な、大好きなご主人様を悩ませる糞狼を、どうすれば土に還すことができるだろうか。

潰したり灰にしたりするならともかく、証拠を残さないようにするのは大変である。

しかも、二頭のご主人様は心配性だ。二頭が強いと知っていても、勝手にお出かけしたら、探し回るだろう。

二頭はヒソヒソヒヒンと内緒話をしていたのだった。


朝になり、ビャクヤが厩舎の掃除をしに来た。

シンとカミーユは畑の手入れや朝ご飯の用意をしている。

主人以外には高圧的なグラスゴーだが、ビャクヤに対しては――横柄《おうへい》さはあるものの――敵意剥き出しではない。無闇に触り、近づこうとしなければ安全である。

「ん？」

厩舎の掃除のため、二頭を馬房から出そうとしたビャクヤは、首を捻った。

入り口は普段、木の板で外に出られないようにしてあるのだが、それが若干ずれていたのだ。

(変やな。少し偏っとる)

そう思いながら板を取り外し、二頭を庭に出す。

(カミーユの奴か？　アイツ、ずぼらやからな。飯で呼ばれると農具とかもほっぽることあるしな)

実際は二頭とも賢いから、この程度の板なら自分で取り外せる。だが、シンの住居と近いこの厩舎を気に入っているので、滅多に脱走などしない。

ちなみに、野晒しになった農具が家主に見つかると、怒られて片付け＋アルファを命じられる。きっとガサツなカミーユの仕業だろうと見当をつけたビャクヤ。しれっとした顔で外に出たグラスゴーの蹄の裏に、やけに真っ黒な土がついていたことなど気が付かない。

「ふぁあ……今日もええ天気になりそうやねぇ」

朝の眠気を噛み殺しながら、馬房の藁の交換に取り掛かるのだった。

◆

グラスゴーに弄ばれた兵士ことセドリックが保護され、すでに三日が経過した。

今のところ、タニキ村は平和である。

シンのポーションを用いたチート栽培法により、夏野菜や香草、薬草などがたくさん採れる。塩の備蓄はまだあるし、村の井戸も涸《か》れていないので、水不足などもない。

ブラッドウルフはたまに姿を見せるものの、襲撃を仕掛ける気配はなかった。

警戒するようにうろうろとしているが、どこか怯えている節がある。

「この前、シンのとこの馬にボコボコにされたからじゃねー？」

「一回じゃないですか。そもそも無駄にしつこさに定評がある、食欲的なガッツのあるブラッドウルフが怯えるとか、あるんですか？」

櫓の上で共に見張中のハレッシュの言葉に、シンは反論した。

シンからすれば、あんな心臓に悪い光景は二度と見たくなかった。ついでに言えば、悪童丸出しみたいな煽り癖や脱走癖も、グラスゴーには覚えてほしくなかった。

「グラスゴーだけじゃなくて、そのうちピコまで盗んだバイクならぬ人を盗んで走り出さなきゃいいけど……！」

不本意ながら、あの時のグラスゴーはとても楽しそうだった。

必死に食らいつこうとする狼たちを千切っては投げ、千切っては投げとばかりに蹴り飛ばし、おちょくっていた。

「あー、もう！　本当に狼どもがさっさとどこかに行けばいいのに！　遠乗りは難しくても、狩りに連れていけばそんなにストレスも溜まらないはずなのに！」

ちなみにシンの言う狩りは、魔物や獣とバトルが付いてくる山登りコースで、かなりハードである。

シンは唸りながら櫓の柱に頭をつけて項垂れる。

その時、うなじがチリッと焦げ付くような違和感を覚えた。本能的な何かを察し、顔を上げる。

（うーん？）

きょろきょろと周囲を見渡すが、特に何もない。

遠くに豆粒サイズのブラッドウルフが数匹見える程度で、この距離なら脅威にはなり得ない。体躯も小柄だし、下っ端の雑魚だろう。群れでも下層に位置するものが、村の近くまで来て様子見をしているのだ。

（魔弓で狙えば当たる……十分射程範囲内だな）

シンの得手は飛び道具だ。ブラッドウルフはパワーやスタミナはあるが、爪や牙による接近戦を主にしているので、相手が本領を発揮する前に遠距離から仕留められる。

しかも、シンの装備は魔弓である。

（魔力が弓になるのはありがたい。手元に矢がなくても、このグローブさえあれば戦える）

シンが獲物を見る目でブラッドウルフを見ていることに気づき、ハレッシュがぺしりと頭を叩く。

そしてシンのまろみの残るほっぺたに手を伸ばすと、遠慮なくつまんだ。

「お前なぁ。まーた余計なこと考えてなかったか？　手ぇ出すなってこの前も言っただろ」

「ふぁい。わあーってまふ」

気まずそうに視線を逸らしたシンが返事をした。

まだ疑っているようで、ハレッシュはジトッとした目で見つめている。シンはなまじ実力があるため、無茶が利く。それがわかっているからこそ、ハレッシュは心配だった。

そんな視線にさらされ、シンはいたたまれない。

なんだかんだで、ハレッシュには頭が上がらないシンだった。

気まずさとともに解放されたシンは、ほっぺたをさすりながら櫓を下りる。

「村の外に行くなよ？」

「行きませんよ。狼避けの香を作りに行くんです。そろそろ減ってきたので」

気休めでも嫌がらせになりそうだから作り続けている。

狼たちの鋭敏《えいびん》な嗅覚にはさぞ不愉快だろうと、憂さ晴らしと丹精を込めて材料をこねているのだ。

◆

その夜、ついにそれは動き出した。

遠くからだが〝目当ての存在〟の姿を確認し、運良く風に乗ってきた匂いを覚えた。

若い人間の臭い。子供から脱却しつつある、未熟なオスの人間だ。小さく、弱く、不完全。親の保護下にいる脆弱《ぜいじゃく》な幼体。少しばかり勘が鋭そうではあるが、弱い個体は逃げることしかできない。

ならば育つ前に刈り取るべきだ。

——それが黒い狼が下した評価だった。

黒い狼はこの地を支配しつつあった。多くの人間を食い散らかし、集落を襲い、自らの群れを脅かす存在を潰してきた。天敵もおらず、調子に乗っていたとも言える。

しかし最近、厄介な魔馬たちが群れにちょっかいを掛けるようになってきた。

何度かそれらしき存在は確認できていたが、ここ数日は頻繁《ひんぱん》に姿を現すようになった。二頭の魔力は強烈で、多くの手先を失った。

奴らの巣を探したいが、この周辺は村から立ち上る異臭で鼻が利かない。最近、少し弱まることがあるので、魔馬の巣もあの中だと予想を立てていた。

あの集落さえ落とせば、この地を支配できる。

そしてそれを足掛かりに、もっと大きな人の街を襲う。

腹を満たすほど血肉を貪《むさぼ》り、絶望をもたらすのだ。人々の恐怖と命を糧に、さらなる高みを目指す。

黒い狼——ヴァンパイアウルフは、己が頂点に立つ姿を夢想し、遠吠えをした。

それに呼応し、たくさんの赤い狼からの遠吠えが返ってくる。すぐ傍から、川の向こう岸から、山を越えた向こうから、波紋の如く広がっていく。

夜闇を支配するように響く遠吠えは、狼たちの宣戦布告だった。

◆

狼たちの大規模な遠吠えの応酬《おうしゅう》は、当然タニキ村にも届いた。

最初は一つ大きな声が。それに呼応してたくさんの遠吠えが一斉に上がった。

一つひとつは大したことがなくとも、数の暴力となっている。無数の声が、四方八方から響いてすでに家の周囲を囲まれていると思うほどだ。

家の中にいてもその声量や恐怖はかなりのもので、警備で櫓にいる者たち以外も何人も飛び起きた。その中には当然、シンたちも含まれる。

「何これ、うるさっ⁉」

跳ね起きたシンが耳を押さえながら周囲を見回すと、ビャクヤがぴくぴくと狐耳を動かしながら、窓の外を睨んでいた。

「奴《やっこ》さんら、随分気合入っとるみたいやな。さすがの俺でもわかるで。食いに行くぞって言っとる」

「ビャクヤ、狼の言葉がわかるの？」

「お狐さんほどやないけどな。狼と狐は一応同じイヌ科やし。でも、ほんまにちょびっとやな。人間で言うところの方言みたいに、同じ狼でも種族ごとに微妙にちゃうんよ」

ビャクヤは腐ってもケモミミ持ちなので、シンよりも聞こえている。完全理解とまではいかないが、なんとなくニュアンスは察していた。

「あれ、カミーユは？」

シンがカミーユの姿を探すと、冷たい眼差《まなざ》しのビャクヤが布団とはだいぶ離れた場所の床の隅を指さす。

「まだグースカ寝こけているバカタレなら、寝相のせいであっちまで転がっとる」

そこには大口を開けて爆睡中のカミーユがいた。

未だ遠吠えが響きまくる中、起きる気配はない。

「うっわ、このうるさい中まだ寝てられるの？」

「起きんか、阿呆」

呆れるシンとビャクヤ。見かねたビャクヤが近寄っていき、げしっと脇腹に蹴りを入れた。

さすがにカミーユも目が覚めたようで、痛みに腹を押さえて呻いている。

「おはようさん。腹ペコ狼どもがご挨拶しとるで。さっさと起きて、着替えせぇ」

痛烈なモーニング――時間的にはナイト――コールに、なんとか起床したカミーユだった。

カミーユは野営や寝ずの番はできるのかと、シンは内心不安になった。こんなに物音や気配に疎くては、警戒が必要な護衛などできそうにない。

月明かりだけでは心許ないので、シンはランプをつけて部屋を明るくする。

視界が良くなり、ビャクヤはてきぱきと布団を脇に寄せて着替えを始めた。カミーユは眩しそうに目をしょぼしょぼさせ、状況把握に時間がかかっている。

ビャクヤは完全に戦装束《いくさしょうぞく》だ。軽装だが鎧を着込み、武器を身につけている。髪も邪魔にならないようにいつもよりしっかり結《ゆ》い上《あ》げていた。

シンは遠距離攻撃タイプで、接近戦になったとしてもヒット&アウェイのスピード重視だから、胸当てと魔弓グローブという軽装備だ。

「……これはまた、随分大仰《おおぎょう》に仕掛けてきたでござるなぁ」

ようやく目が覚めたカミーユは、朗々《ろうろう》と響き渡るたくさんの遠吠えに少し顔を引きつらせている。

すでに狼は十や二十という数ではないのは想像できた。

「結界があるから、こっちの威勢を挫《くじ》くためにも圧を掛けているのかもね」

シンの言葉に、ビャクヤが嫌そうに顔をしかめた。

「悪知恵が回る魔物やな。せやけど、どうやって入る気なん？　結界は高いし、地面の下からっちゅうのは難しいやろ」

「さーね。それはさすがにわからないよ」

非常食やポーションをたくさん詰めたマジックバッグもきっちり持っていく。

きっと、戦場に出ればこんな軽口は叩けなくなる。その分を補うように、三人は明るい口調で話し続けた。

身支度を整えた三人は外に出る。

ハレッシュ宅を見ると、玄関が開けっ放しになっていた。隣のベッキー家もそうだ。ハレッシュとガランテは一足先に出ていったのだろう。

今ベッキー家にいるのはガランテ一人で、妻のジーナと二人の子供は避難済みだ。

「警鐘《けいしょう》も鳴っているでござるな」

狼の遠吠えに意識を持っていかれがちだが、設置された櫓から絶えず鐘を叩く音が聞こえてきている。

田舎には王都のように街灯はなく、タニキ村の夜は暗い。まばらに村を照らしている明かりは、松明《たいまつ》やランプを持った村人たちだろう。

それでも暗い夜の闇を裂くように、警鐘と遠吠えが響いている。

いつもは風の音や虫の音が聞こえるくらいで、たまに森から梟や狼の声が聞こえてきても、こんな大合唱ではない。

「不気味だな」

無意識に肩に力が入り、シンは拳を握り締めていた。

「だぁれが餌やねん。俺は狼なんぞのウンコになる気はあらへん」

遠吠えの内容に苛立ったのか、ビャクヤが狐耳をピコピコと揺らしながら吐き捨てた。

そのあんまりな物言いに、シンも噴き出す。

「僕も狼のウンコになるのは嫌だなぁ」

前の世界と今の世界を合計しても、シンはまだ三十年くらいしか生きていない。日本人男性の平均寿命が八十代前半と考えると、ここで死ぬのは少し早すぎる。やりたいことはまだまだたくさんあったし、せっかく十代からもう一度やり直せるチャンスなのだから、青春を謳歌《おうか》したい。

外に出る前に、シンはバッグを漁る。二人に渡す物があった。

「僕がグラスゴーに乗るから、二人はピコね。あとポーション。怪我した時やピコが疲れたらあげて」

厩舎に行くと、二頭とも起きていた。この騒動の中だが、割と落ち着いている。

グラスゴーは怯えるどころか、むしろシンを見て血気盛んに興奮している。目をキラキラと輝かせて「お？　戦？　バトっていい感じ？」と、ワクワクしているのがわかる。

一方、ピコはいつも通りのきゅるんとした目で不思議そうに瞬《まばた》きしている。

二頭の態度の違いから、グラスゴーは生粋のオラオラな戦闘タイプで、ピコはおっとりお嬢さんタイプだとわかる。

「グラスゴーはともかく、ピコはごめんな。あんまり戦いは好きじゃないよな……」

シンは申し訳ないと思いつつ、轡《くつわ》や手綱、鞍《くら》や鐙《あぶみ》など馬具を取り付けていく。紐の部分が捻じれていると事故の元だし、取り付けられた馬も不快である。急ぎつつも確認は怠《おこた》らない。

気にするなと言わんばかりに、ピコは鼻先を寄せてくる。それを撫でるシンの手は優しい。

「シン殿はあの二頭に本当に優しいでござるな」

「せやなー。その一割でも優しさ分けてほしいわ。まあ、その大事な騎獣を貸してくれるだけありがたいやろ」

感動的なシーンを見つつも、ちょっと納得いかないカミーユとビャクヤだった。何せ、雑オブ雑な扱いをされるのがしょっちゅうである。家に泊めてくれたことには感謝しているが、それはそれ、これはこれ。

ちなみに、グラスゴーが次は自分の番だと順番を待っており、シンはしっかりその期待に応えるのだった。

騎獣の用意も整い、三人は村の入り口へ向かった。

そこならある程度スペースがあるのと、一段と高い櫓があって、状況確認に適している。

村の中央にも広場はあるが、位置的にどうしても外の状況を知るのは遅れる。

それに、松明が多く集まっていたので、人が多いのもわかった。

入り口の次に明るいのは領主邸だ。きっとパウエルやルクスに情報を伝える人たちが行き来しているのだろう。

今村にいるのは、力や体力のある男性のみ。皆がそれぞれに武器を持っている。

それは剣や斧であったり、弓であったりと様々だ。

騎獣も数頭いたが、普段は人を乗せるか荷運びばかりしている馬やラバばかりだ。狩りについていくような騎獣は一握りである。

狼たちの声が飛び交う現状で腰が引けている。戦いになった時、まともに動けるかは怪しい。

本当なら、今頃とっくに全員安全な場所に避難している予定だった。

シンは周囲をそっと観察し、溜息を呑み込んだ。

(大人も結構怯えているな)

勇んでいるより、恐怖で表情が強張った村人の方が多い。

遠吠えはなおも続いており、結界と柵がなければいつでも襲撃してくることは想像ができる。

(しかし……狼たちは結界を突破できない。掘って通れそうな場所は全部土魔法で固めてある。どうやって攻撃を仕掛けるつもりなんだ？)

はっきり言って、柵の周囲はカッチカチだ。

岩のような硬さなので、狼の前脚でチマチマ掘っていたら、いい的だろう。

また、結界を越えて飛ぶのも難しいはずだ。少なくとも、何度か挑戦を試みたブラッドウルフたちは、全部阻《はば》まれていた。

思考に耽《ふけ》っていたシンだが、鎧を着込んだハレッシュが前に出たので、いったん切り上げる。

片手に剣を、片手に兜《かぶと》を持つハレッシュは、狩人や村人ではなく、騎士のようだった。

地色そのままの銀を基調としたプレートアーマーはシンプルで、装飾はついていない。背中には深紅《しんく》のマントがはためいている。二色に絞ったからこそ、それぞれのコントラストが際立《きわだ》っていた。

松明の反射で、プレートの細かい傷やへこみがわかる。これは使い込んだ、着慣れた鎧だ。恐らくハレッシュの騎士時代の装備なのだろう。

この手の鎧は、接合部や関節部に油を差さないと、使い物にならなくなる。長く放置していたなら、かなり手入れも必要だったはずだ。ハレッシュはブラッドウルフが発見された時から、こんな日が来なければいいと思いつつも備えていたのかもしれない。

普段のハレッシュは、革製の胸当てや肩当てなど、防御力より動きを重視した装備だった。

(少なくとも、僕は一度も見たことない……)

今着ているプレートアーマーはこんな気温だと蒸れるし、暑い。だが、あの装甲なら狼の牙も多少防げるだろうし、致命傷は負いにくくなる。

松明の煌々とした輝きを映すプレートアーマーを纏ったハレッシュの顔には、いつもの陽気で気

安い笑みはない。青い瞳は少し細く鋭くなり、真一文字に結んだ口元も相まって、精悍《せいかん》さが際立つ。

その姿に、シンは頼もしさよりも違和感や不安感を覚える。嫌な予感がじわじわと足元から背中に這い寄るような気がして、無意識に靴底を地面で擦った。

シンの様子に気づいたのか、グラスゴーが顔を寄せてベロッと額を舐める。

「ごめんごめん、大丈夫だよ。グラスゴー」

「シン、体調悪いのか？　だったらパウエル様のところで休ませてもらえ」

気づいたハレッシュがシンの顔を覗き込む。心配する表情はいつもと同じだ。

「結界は防衛の要だしな。お前の魔力量を補うなんて、何人かき集めても足らないからな。ポーションの調合も、薬師の婆さんがいない今はお前頼りだ」

戦闘でもシンがトップクラスの実力者だとハレッシュは理解していたが、結界と回復役に替えはいない。戦略的な視点から見ても、シンを無理に出すのは愚策だった。

それに、国で唯一の神子である。一人安全な場所にいても、怒られないだろう――本人は納得しないが。

「大丈夫です。ハレッシュさんのその姿を初めて見たから、少し驚いただけです」

「お？　そうだったか？　なかなか俺もイケてるだろ！」

そう言ってニカっと笑うハレッシュに、少し安心するシン。

「似合っているとは思いますけど、僕はいつものハレッシュさんの方が好きです」

騎士スタイルのハレッシュは立派に見えるが、どうも落ち着かない。

頬を掻きながら眉尻を下げたシンが言うと、ハレッシュは一瞬だけきょとんとした後で、くしゃりと笑う。

「俺もいつもの革の胸当てとかの方がいいけどなー。やっぱり防御力はこっちが断トツだし」

肩が凝ると言わんばかりに腕を回すハレッシュ。ガシャガシャと金属の擦れ合う独特の音が響いた。

その音はどうしても耳に馴染まず、落ち着かない。

シンにはまだ話したいことがあったけれど、ハレッシュは別の村人に呼ばれて行ってしまった。

櫓に登っていた人たちから、狼の動きについて報告があるようだ。

「なんか、ハレッシュさんの様子が変だったけど……気のせい？」

ハレッシュの背中を見ながら、シンは首を傾げた。

「そうでござるか？　いつも通りに見えるでござるが。この状況であのように構えてられるとは、肝《きも》が据《す》わっているでござるな。さすがシン殿の師匠さんでござる」

「お師匠さんというより、親父さんって感じやろ」

装いに引っ張られすぎだろうか。カミーユやビャクヤはシンのような異変を感じないようだ。

シンと違って二人は付き合いが短いので、察しにくいのかもしれない。

そんな会話をしている間に、情報をまとめたハレッシュが戻ってきて、シンをはじめ、集まった人たちに向き直る。

「死にたくなかったら、絶対結界から出るな。メインの攻撃は弓と投石！　矢は消耗品だ、腕に自信がある奴以外は弓を使うな！　それから各櫓に一人は現状把握のために監視員を配置しろ！　深追いは厳禁だぞ！　基本、追い払うことに専念しろ！」

　タニキ村に残った村人の数と外の狼たちの数の差は絶望的だ。

　まともに相手をしてはいけない。

「国から精鋭の兵が来ている！　俺たちは籠城しつつ、精一杯この均衡を維持する！　勝とうとするな！　崩されなけりゃ、負けやしない！」

　討伐隊はすぐ傍まで来ているはずだ。

　狼の群れは大きいが、村人なんかとは比較にならない訓練を積んだティンパインの精鋭騎士や兵士の軍隊には敵わない。統率がとれた戦士と、烏合《うごう》の衆《しゅう》では大違いなのだ。

　狼たちだって、いつまでも陥落《かんらく》しないタニキ村と、戦いのエキスパートを相手取るのは大変だ。

　ハレッシュの言葉に、何人かは安心したような顔をしていた。

　結界の外に出て特攻とまでいかずとも、ギリギリのところまで戦えと言われたらどうしようかと考えていた者もいるのだろう。

（タニキ村の人はほとんどが非戦闘員だしな……）

　狩りや魔物の討伐で武器を扱うシンですら、この状況に少し指が震えていた。

◆

魔力の矢が真っ赤な狼の眉間を貫く。

ブラッドウルフは即死したようで、失速しながらごろごろと地面に転がった。

後列にいた狼たちはそれを避けつつも、警戒を強めてザワリと毛並みが逆立つのが見える。

だが、それも遅く、愚かだった。

次は数十という矢が一気に向かってきたのだ。一本一本の矢は細いが、魔力が濃く練り込まれており、速く鋭い。

脳天に、肩に、胴体に、脚にと、容赦なく刺さり、貫いてくる。

死んだ狼が力なく地面に重なっていく。しかし、即死するならまだ楽だっただろう。死を免《まぬが》れた狼たちのほとんどは重傷であり、時間と共に死に至るような有様だ。

狼は恨めしげに矢が来た方を睨む。撤退しようにも、傷だらけの体では難しい。

だが、その瞬間に魔矢の豪雨が強襲して、僅かに残った命も刈り取った。

素材も糧も求めない、ただ命を消すためだけの攻撃。完全な殲滅としての攻撃だ。

夥《おびただ》しい量の血が大地を染め上げ、追撃しに来た狼たちは分の悪さを感じて撤退していく。

「よし！　この辺りは退《しりぞ》けた！」

シンが魔力を収め、魔弓を仕舞うより早く、別の櫓から応援を求める声がかかった。

「シン、こっちだ！　結界を登ってきている！」

シンが振り向くと、高く設置された結界を乗り越えようとして、狼たちが寄り集まって、互いの体を押し合うようにして登っている。

狼の登り台は結界の半ばまで来ていた。

「あとは残りでなんとかなるでござる！」

「シン君、いってきぃ！」

同じ櫓にいたカミーユとビャクヤがシンの背中を押す。

このまま放置すれば、一匹、また一匹とタニキ村に流れてくるだろう。

シンは頷いて素早く櫓から飛び降り、グラスゴーの背に着地する。グラスゴーはシンの示す方向へ走っていった。

普段は豪快なほど敵に突っ込んでいくグラスゴーだが、シンが背に乗っている時はその意思を尊重し、主人の望む場所に的確に向かっていく。

シンたちが向かった櫓は、かなり統制が乱れていた。

すぐ傍まで狼たちが身を乗り出しており、防衛側は恐怖で完全にコントロールを失っている。我《が》武者羅《むしゃら》に放つ投石や弓は、てんで違う方向へ飛んでいく。

シンは素早く櫓に登ると、素早く魔弓を展開する。

狙いを定めている最中、何かがシンの体を引っ張った。

それは、涙と鼻水で顔をぐしゃぐしゃにした青年だった。確か彼は畑を持っており、小麦の栽培で生計を立てている農家の息子だ。今まで武器より鍬を振るってきた人間である。

「おい！　早く倒してくれよ！　なんとかしてくれよ！」

目の前に迫る狼に恐慌状態の青年は、乱暴にシンを揺する。

「ちょ、ちょっと！　揺らさないでください！　危ないです！　邪魔です！」

重心も集中力も乱されたシンはそれを引き剥がそうとするが、青年は凄い力で縋ってくる。

「狼が来る！　死んじまう！」

普段はのんびりと大人しい彼が、こんなに大声を出せると、シンは初めて知った——知るなら、こんな状況以外が良かったが。

今、まさになんとかしようとしているのに、青年が全力で揺さぶってくるものだから、シンは集中できないし狙いも定められない。矢先がブレて、下手すれば結界に当たってしまう。

シンはスキルやギフトの恩恵もあり、青年より力は強いものの、体格は小柄だ。農作業で鍛えた大人の手にかかれば、少年の体は簡単に揺らされてしまう。

シンがいくら弓の名手といえども、こんなにガッタガタに揺らされたら狙いを定められない。

離れるように説得も試みているが、恐怖に錯乱《さくらん》している青年は聞く耳を持たない。その時、ぬうっと別の人影が背後に現れ、シンと青年を引き剥がした。

「喚きたいだけなら、とっとと場所を譲れ。シンが矢を放てないだろう」

ぎろりと青年を睨んで凄んだのは、ガランテだった。

投石用の石を運搬しに登ってきたところ、櫓の上の騒ぎに気づいて割って入ったのだ。

青年は縋りつく先を、今度はガランテに変えた。ガランテは若干嫌そうにしている。畑で育てているキャベツについた青虫を黙々と取っている時の表情と同じだった。

「ありがとうございます！」

シンはとりあえずガランテに礼を言い、自由になった体ですぐさま矢を放つ。

狼たちは結界のてっぺんまで登って、あと少しでこちらに入り込める所まで来ていた。最上部にいた狼がたくさんの矢を浴びて転落し、それに巻き込まれて後続も落ちていく。

シンはさらに追撃の矢を放ち、まごついていた狼たちを一斉攻撃した。

このままではハリネズミにされると気づき、無傷で身軽な狼たちは散り散りになって、距離をとる。仲間の狼がたまたま肉壁になり、意外とたくさん生き残っていた。

「しぶといな」

「だが、大分削っただろう」

真っ赤なブラッドウルフが血だまりに折り重なる姿は、まさに地獄絵図だった。どこまでがブラッドウルフの毛並みで、どこまでが血かよくわからない。

シンがちらりと見ると、結界を登っていた狼以外にもたくさんのブラッドウルフがいた。矢や投石の当たらない位置で、遠巻きにこちらの様子を窺っている姿は気味が悪い。

(倒しても倒しても湧いてくる……！　Gかよ！)

どっちかと言えば、蜂の巣や蟻の巣をぶち壊したような勢いで出てくる。

そして、今襲撃してきているのは下っ端の雑兵だ。本当に強いブラッドウルフは後方で高みの見物をしている。

さらに、シンの目には、村に入ろうとするブラッドウルフより一回りも二回りも大きな狼が視認できていた。

この状態だと、焚いている狼除けの効果はほとんどない。多少は嗅覚を潰せているだろうけれど、その程度の効果だ。

他の櫓の様子を見ると、どこも必死に応戦していた。どうしても数が圧倒的に劣るタニキ村勢は、劣勢に立たされていた。戦力差もあって、防戦一方になるのはわかっていたが、思った以上に状況は悪い。

戦場にはパウエルやルクスまで応戦に出ていた。

戦いに不慣れな人間も多いし、対するブラッドウルフは優位を察してかなり勢いづいている。

結界はあくまで防壁であり、有刺鉄線のようにダメージを与えられるわけではない。

(チマチマと弓で倒していたら、間に合わない!)

怒涛《どとう》の勢いで猛攻を続ける狼たちは、こちらに休息も与えないと言わんばかりだ。このままでは討伐部隊が来る前に村が陥落してしまう。

シンは今まで命中率を重視して魔力や火力を抑えていたが、出し惜しみしていられない。

一度、大きな魔法やスキルなりで一掃しないと、いずれ結界を越えられるだろう。

シンが今までとは桁違いの量の魔力を練り上げはじめたことに気づいたのは、近くにいたガランテだった。

魔力の高くない彼ですら気配でわかる、濃厚で膨大な魔力。周囲の空気が張り詰めたものに変わっていく。

狂ったように結界に集まっていたブラッドウルフたちも、本能でとんでもないものが来ると察知した。それでも人の血肉の味を知っている彼らは、目の前にごちそうがあると我慢できない。

シンの魔力のうねりに合わせ、周囲に風が渦巻く。

グローブから現れた魔弓も、番われた魔矢も今までの比較にならないほど巨大だ。

矢に至っては、シンの背丈を優に超えているし、太さも腕や足よりも太い。それが雷光に似た輝きを帯びて、音を鳴らしている。

目を焼きそうなほどの輝きを、シンは空に向けた。

周囲の者は今まで見たことのない光景に目を丸くしている。

シンの魔力に反応するように、いつの間にか上空には分厚い暗雲が立ちこめていた。その真っ黒な雲の中に、いくつもの雷鳴が轟《とどろ》いている。

シンが光条の如き一矢を放つ。天を射貫いたそれは、一瞬だけ丸く雲を散らしてタニキ村を照らす。

まるで特大な天使の梯子《はしご》で、タニキ村を祝福しているかのようだった。

だが、その明るさは一瞬にして目を焼くような轟雷《ごうらい》に塗り替えられる。

暗雲から無数の雷が一気に落ちて狼を焼き、大地を穿《うが》ち、草木を一瞬にして真っ黒に焦がした。

それらは互いが連動するように網状になったと思ったら、結界沿いにも次々と落ちる。

轟音《ごうおん》と閃光がいくつも重なり合って狼たちを滅多打ちにして、黒い炭に変える姿は壮絶であり、壮観だった。

蹂躙の轟雷はタニキ村に肉薄していた狼だけでなく、高みの見物をして狼たちにも襲い掛かった。

それは、ただ見ていただけの人間も本能的に震え上がらせるような、圧倒的な力を感じさせた。

あれは魔法ではなく『神々の怒り』だと、胸に畏怖《いふ》が宿る。シンは『神子』だという事実を、まざまざと肌で感じざるを得ない。

人間側もこれだけ驚いたのだ、蹂躙された狼たちの恐怖はとんでもないものだ。

恐慌状態になり、群れの統率は一気に乱れた。混乱のあまり、逃げ出したり味方に攻撃したりする有様だ。

タニキ村を呑み込まんとひしめいていた真っ赤な集団が、ぐちゃぐちゃに入り乱れている。

上位に位置する狼たちが遠吠えで統率を取り戻そうとしても、あるいは逃げようとするブラッドウルフに噛みついて引き摺り戻しても、もう駄目だった。

先兵を務めていた狼たちは、波が引くように、森の方へ逃げていく。我先にと散っていく狼の数は、明らかにタニキ村を囲っていた時よりも減っていた。

散り散りになる狼を確認したシンは、じっとりと汗ばんだ顔を拭うことなく、小さく息を吐く。

そしてガクンと膝をついてしまった。

体に纏わりつく倦怠感《けんたいかん》は魔力の枯渇によるものだ。

大群を退けた安堵と同時に、どっと押し寄せる疲労。視界がチカチカして、眩暈《めまい》がする。

ふらついたシンに、ガランテが駆け寄る。

「シン！　大丈夫か！」

「耳が……耳が痛いです。聞こえない。まだ奥の方がキーンってする……」

傍にいるガランテが何か言っているが、シンの耳にはよく聞こえなかった。

それより耳が痛かった。ダメージを受けたのは耳の奥の鼓膜である。両手で両耳を押さえているが、たいして効果はない。

仕方なくポーションを取り出して一気に呷ると、痛みが消えた。

味はちょっと酸味が強いが、スポーツ飲料に似ているので飲みやすい。

自画自賛になるが、良い出来だと満足するシン。

だが、あくまで回復したのは傷がメイン。魔力はごっそりなくなったままなので、シンはフラフラしていた。

見かねたガランテがシンを担ぎ、櫓から下ろす。

村の外の狼たちは、先ほどの雷撃で大半が逃げ出している。仕切り直しするまで猶予はあるだろう。

「シン⁉　どうした！　何があった⁉」

馬に乗ったハレッシュが声を張る。ガランテに担がれたままぐったりしているシンに一目散だ。

完全に止まる前に強引に馬から下り、シンに駆け寄った。

ハレッシュは目前まで迫ったブラッドウルフを切ったのか、鎧に返り血を浴びている。

今回の防衛戦は、ほとんどが遠距離だったはず。彼も彼で、ギリギリの攻防を保つために尽力していたのだ。

「魔力不足です。ちょっとくらくらしますけど……マナポーションを飲んで休めば大丈夫です」

「怪我はないんだな？　無茶をするなって言っただろう！」

「はい……」

シンには言い訳をする気力もなかった。

規模的には以前、クリムゾンブルを焼き払った時とあまり変わらないはずだが、疲労度はだいぶ高かった。

（あれか……フォルミアルカ様の魔力抑制アイテム……か）

意図せず大虐殺《だいぎゃくさつ》しないように、強大な魔力を抑えてコントロールできるようにしてもらったのだ。

シンはのろのろとした動作でマジックバッグから瓶を取り出す。

白マンドレイクを使ったオリジナルブレンドで、まだ試作段階。シンは保持している魔力が多く、攻撃に弓も使うため、それほど魔力が枯渇することはない。今までマナポーションをほとんど使ったことがなかった。それでも飲まないよりはマシだ。

力の入らない指で蓋を開けるのに苦戦しているシンを見かねて、ハレッシュが取って渡した。

「ほら、しっかり飲め」

「はい……」

シンはぐび、とマナポーションを飲んだが、そこで彼の意識が途絶える。

遠くで幼女女神がギャン泣きしている声が聞こえた気がした。

◆

神々が住まう天界では、主神フォルミアルカが水鏡の前で右往左往していた。短い手をバタバタさせたり、髪をぐしゃぐしゃにしたり、倒れ込んで落ち込んだり、さめざめと泣いたりと、忙しない。

フォルミアルカがかじりつくように見ている水鏡には、タニキ村の風景が映っていた。

「あああ！　シンさんが危ないですぅうう！　キマイラが手助けをしていますし、下手に手を出したら怒られるかもおおお⁉　でも、シンさんがぁああ！　はわわ⁉」

シンの要望により、彼には加護やスキルを抑える宝珠《ほうじゅ》を贈り、増えすぎた魔力をコントロールしやすくしている。

彼の能力爆上がりの原因は、神々からの過重なほどの加護。原因はこちら側にあった。

かといって、他の神々にやめろと言うのも難しい。絶対抜け駆けが起きて、もっと面倒なことになる。

「シンさんの希望だったとはいえ～！　時期尚早だったでしょうか？　あわわわわっ！」

じたばたと大騒ぎしているフォルミアルカの後ろで、四季の女神たちはまったりティータイムと洒落込んでいた。

フォルミアルカの席もあるが、見ての通りそれどころではない。

ちょこまかとハムスターの如く動きまくっているフォルミアルカを眺めながら、芸と秋の女神フェリーシアがカップを傾ける。

「あらあらまぁ。フォルミアルカ様は心配性なんだからぁ～」

ファウラルジットが同意する。

「そうよねー、あの子がちょーっと呼びかければ、あっという間に協力が集まるから、そこまで気にしなくていいのに」

神々の世界でシンは寵児《ちょうじ》なのだ。彼が呼びかければ、願うことがあれば、神々やその眷属は手を貸す。

しかも今は周囲を出し抜いて接触したキマイラがしっかりとマーキングしているので、非常に目立っているのだ。

情熱と夏の女神フィオリーデルが、呆れたように言う。

「現にさっきの雷って、何人か手ぇ出してたよね？」

シンだけであの力は無理だ。彼が雷魔法を使うと察知して、干渉（という名のバフ）できる権能を持つ神々が、こぞって手を貸した。

それだけの数の神々がリアルタイムで観察していたのもあるが、相乗効果で神罰クラスの雷鳴が轟いた。

シンに反動がいかないように調整があっただけマシだろう。

「これで雑魚は手出しできないでしょう。逆に言えば、ヴァンパイアウルフと側近が矢面《やおもて》に立たざるを得ない」

フォールンディは厳《おごそ》かに言うが、その手には〝バブちゃんシンシン君〟のぬいぐるみがある。

以前シンを、精神だけ神々の空間に呼んだ際、ミスによって彼はバブちゃん化した。その時のモミジのお手々が忘れられず、自作したそうだ。

「シンさん頑張ってー！　ファイトぉおお！」

フォルミアルカはピカァアアアッと後光を盛大に照らしながら応援している。

水鏡に集中しすぎて、自分の状態に気づいていない。

野菜の名前がいっぱい出てくる某宇宙の戦闘民族の如く、オーラがギュンギュン出ている。

きっと、そのせいでシンへの加護はもっと強烈になっただろう。四女神たちはそれがわかりつつも、黙っていた。

泣き虫幼女でも、フォルミアルカはこの世界の唯一無二の主神だ。

神々は多くいるし、中には司《つかさど》るものが被る場合もある。だが、『主神』は常に一柱のみ。

本気の彼女を、誰も止められないのだ。

◆

ブラッドウルフたちの襲撃を退けたタニキ村。

ほぼ無傷で防衛したが、真っ赤な狼の群れが押し寄せる姿のあまりの恐ろしさに、精神的に傷を負う者は多かった。相手は自分を食べようと襲いくる猛獣なのだ。肉体的な傷はなくとも、村人たちが恐怖に蝕《むしば》まれてしまうのも当然のことだった。

怯えて周囲に縋り騒ぐ人間は、足手まといだ。そうなると、次に戦える戦力はさらに減るだろう。

今回の戦いの功労者は、魔法を駆使して攻守に尽力し、全体を俯瞰《ふかん》して調整していたルクス。領主でありながらも村人と共に前線に立ったパウエル。周囲を鼓舞しながらも最も危険な場面では矢面に立ったハレッシュ――そしてなんといっても、一番多くの狼を倒して敵の威勢を挫いたシンだろう。

だが、同時に今回一番ダメージが大きかったのもシンだった。

強大な魔法を行使した結果、倒れた。診断結果は急性の魔力の枯渇および過労。

あの雷撃は強大な威力を持っていたが、術者の消耗も激しかった。

一番良い寝具があり、設備が整っている領主邸で休むシンは、あれから一度も目を覚まさない。

普段は気配に敏《さと》いのに、周囲が会話してもバタバタしても、目覚めるどころか身じろぎもしなかった。

その様子に、ハレッシュはずっとオロオロしっぱなしだ。戦場での勇敢な姿など木っ端微塵《こっぱみじん》になるほど動揺している。それを宥められそうなパウエルとルクスも、右往左往していた。

見かねたガランテがハレッシュを引きずって連れ帰り、執事のテルファーがパウエルを諫《いさ》め、ルクスはその二人の様子を見て落ち着きを取り戻した。

「私としたことが……！」

二人が帰った部屋で、ルクスは一人落ち込む。

風光明媚《ふうこうめいび》なタニキ村では、血なまぐさい事件は滅多に起きない。争いもそうそうないので、このような緊急事態において動ける指揮官やブレーン役は責任重大だ。

ルクスは後者であり、王都とタニキ村を結ぶパイプ役でもある。こんなに動揺してはいけない。

そう言い聞かせているが、ルクスもまだまだ若い。相次ぐトラブルに疲弊してしまえば、判断力や注意力も鈍《にぶ》る。

ルクスは無能ではない。むしろ有能であると言えた。

だが、今までの仕事とは大きく違う。戦場での経験不足が、彼に大きな負荷を与えていた。

現に、ルクスは様々なところに目を配っていたのだが……シンは大丈夫だと思っていたのが盲点となった。しっかりしていても、まだ少年。故郷を一度失ったことのあるシンは、タニキ村にだけは執着があった。

(目の前で危機が迫ったら、咄嗟に守ろうとしてもおかしくない。そのために無茶をすることは十分考慮できたのに……!)

静かに眠るシンを見ると、黒髪の合間から何か光るものが見えた。

貴族の女性であれば、ヘッドドレスやティアラなどの額飾りだろうが、シンはそんなものをつけない。怪訝に思ったルクスは、そっと髪をかき分ける。

「これは……?」

シンの額に、まるで花が咲いたような薄い色の輝石が付いていた。

今まで見たどんな宝石よりも煌《きら》めいており、自ら淡く輝いてすら見える。

ルクスは知らないが、数多《あまた》のゴッズパワーを溜め込んでダメの一押しとして主神フォルミアルカからの特大の加護が追加された宝珠が進化したのだ。

別の見方をすれば、宝珠形態を維持できなくなったとも言える。

しかし、そんな神子と神々の都合など、ルクスは知らない。

シンプルやカジュアルなものを好むシンが、装飾をつけるように思えない。お洒落をするにしても、刺繍《ししゅう》やワッペンなどのワンポイントくらいだし、貴金属や宝石類は選ばない気がする。

色々な可能性を除外していった結果、ルクスの中に恐ろしい可能性が芽生えてきた。

「え？　えぇ？　シン君の額になんで宝石が？　新手の病気？　ブラッドウルフやヴァンパイアウルフに特殊なスキルがあったのでしょうか？　加護持ち特有の疾患《しっかん》⁉」

真っ青になったルクスは、急いで立ち上がって自室に向かう。

魔物の生態が記されている書物や、過去にティンパインで見つかった加護持ちの文献に、前例が載っていないか探しに行ったのである。

急ぎながらも、扉を閉める時は、眠っているシンに気遣って静かに閉めた。

シンが一人きりになった部屋では、額の輝石が数度だけ瞬くと無音で額に沈んでいった。

◆

——シンは夢を見た。

そこでは泣きすぎてびっしょびしょどころかスライムになったフォルミアルカがいた。

ずっとシンの名前を呼びながら、山羊《やぎ》のようにべえべえと泣いている。

泣きすぎて声は声がかれているし、しゃっくりが多くて上手く喋れていない。

まだ夢うつつの頭で、シンは仕方ないと笑う。

「大丈夫ですか？　フォルミ――」

「シンさあああああん！」

フォルミアルカが顔を上げたその瞬間、涙の大津波がシンを強襲した。

滂沱《ぼうだ》を超えた涙の大洪水に押し流され、シンは水底に沈んでいく。

ごぼごぼとゆっくり落ちていきながらも、響く幼女の泣き声に苦笑する。

シンはうっすら、これが夢の中だとわかっていた。水中だけれど寒くないし、苦しくもない。

光が差し込む水面を見上げながら、ぼんやりと漂う。

（夢の中でも眠くなるんだな……）

そう思いながら、シンは睡魔に身を委《ゆだ》ねるのであった。


シンが目覚めたのは空が白々と明るくなりはじめた頃だった。

見慣れない部屋に首を傾げるが、窓の風景から領主邸の一室だと理解する。

軽く伸びをしたシンは、自分の服が昨日のままだと気づいた。着替えもさることながら、風呂に入りたかった。体を清潔にする生活魔法はあるけれど、風呂には劣る。

領主邸に風呂はあるが、こんな早朝に借りるのは申し訳ない。

(んー……着替えも家だし、グラスゴーやピコも気になるし、一度帰ろう)

ベッド脇のチェストの上に、胸当てやグローブなど、シンが装備していた武具一式を見つけたので、回収した。メモでも残したいところだが、この世界では紙もそこそこな高級品なので、そう都合よく置いてない。

人の気配を探していると、シンは厨房の方から細く煙が上がっているのに気づいた。

基本、パンは毎日手焼きだ。今の時間から仕込んでいるのだろう。

厨房に行くと顔見知りの料理人に会えたので、シンは言伝を残して一人帰宅した。

自分が寝ている間に大人たちが揃いも揃って騒ぎまくっていたことなど、シンはまるで知らなかったのだった。


シンが家に戻ると、真っ先に帰還に気づいたのは二頭の馬たちだった。

シンの姿に瞳を輝かせ、馬房の出入り口にある板を鼻先で突《つ》いて落とした。さらりと脱出して近づいてくる。

「ただいま。グラスゴー、ピコ」

ピコは轡や鞍を外されていたが、グラスゴーはいくつか馬具を装着しっぱなしだった。

カミーユやビャクヤが横着したというより、グラスゴーのご機嫌が斜めで取れなかったのだろう。

グラスゴーは基本、シン以外には危険な馬である。

シンはまだ汚れの残っているグラスゴーを撫でながら馬具を取り外し、丁寧にブラッシングした。

足にべったりついたやけに黒々とした土汚れはなかなか取れないため、魔法で洗浄して落とす。

ピコの洗浄はもう終わっているので、軽いブラッシングだけで済んだ。

マジックバッグに残っていた野菜をいくつか置いて、ポーションを二頭に飲ませる。飲み水用の桶《おけ》が空になっていたので、水も魔法で出して満たしておいた。

朝食がまだだった二頭は嬉しそうにそれらを平らげている。

至って元気そうで、シンも安心した。

この二頭はタニキ村でも大事な戦力の一つだ。万全にしておきたい。

昨日の今日でまた狼たちが来るとは思いたくないが、用心するに越したことはないだろう。

一仕事したシンは、着替えを持って風呂場へ向かう。コツコツとリフォームをして増築していたが、まだ理想とは程遠い。シンは一人入るのがギリギリなサイズの湯船に、魔法で出したお湯を張る。

別に火をおこすのが面倒とか、水汲みが億劫《おっくう》とか思っているわけではない。薪も水も籠城においては大事な物資。節約するに越したことはない――そう言い訳しまくり、自分を納得させる。

湯船に浸かりながら、シンはぼんやり喉の渇きを自覚した。

そう言えば、昨日の戦いの前から何も食べていなかった。水すら飲んでいない。

(これって、低血糖とか貧血起こすんじゃ……！)

今更になって気づいたシンは、異空間バッグからトマトを取り出してかじる。

これなら水分補給しつつ、栄養がとれる。以前、テレビの健康番組でやたらトマト推ししていたので、シンの中でトマトは万能健康食品の印象があった。

中玉トマトを二個食べて、喉の渇きも空腹も満たされた——が、やっぱりちょっと物足りない。

炭水化物がないので、なんとなく口寂しい。

（昨日は我ながら頑張ったし、ちょっと贅沢するか）

ぐっすり眠り続けたおかげで魔力は満タン。でも、成長期の体はカロリーを求めている。

食べられる時に食べようと、この時ばかりは節約は頭から放り出すシン。

（よし！　肉だ、肉！　こーいう時はがっつり肉に限る！）

若さは時に暴力的なまでにカロリーを欲する。シンは今、まさにそうだった。

朝食に出る肉なんて、普通は薄切りのハムや、ウィンナーくらいだ。

だが、今シンが求めているのはかたまり肉。握り拳以上のサイズを求めていた。

マジックバッグと異空間バッグのインベントリと睨めっこして、ホロホロ鳥を二羽出して、いそいそとキッチンの方へ向かうのだった。

◆

早朝の涼しく快適な空気の中、カミーユは深い眠りについていた。

だが、そこに何か強烈な引力が殴り込みをかけてくる。

眠い。凄く眠いのに、その何かは容赦なくカミーユを叩き起こそうとしてきた。

うっすらと目を開いて、ぼんやりと薄暗い朝の部屋を見る。少し離れたところではビャクヤが寝ているはずだった——が、そこはもぬけの殻だった。

カミーユはうつらうつらとしつつも、なんとか首をめぐらせたところで、鼻孔を擽《くすぐ》る香りに気づく。脂《あぶら》が熱され焼ける匂いが、十代の食欲を容赦なく駆り立てる。

眠気を押しやった強烈な引力の正体はこれだ。

その匂いを辿るべく、腹ばいでずりずりと移動し出す。鼻をクンクンとひくつかせながら、懸命に匂いのもとを探す。

すっかり目が覚めたのか、動きはかなり機敏になった。這いつくばってやたら蛇行するカサカサした動き。その姿は犯人を追う警察犬と言うより、水回りに現れる黒いGだった。

黙っていればイケメンなのに、色々台無しである。寝起きであることを差し引いても酷い。

やがてカミーユは、匂いの正体が竈で焼かれている大きな鳥だと気づいた。

「お……っふぉおおおおおお！」

カミーユはなんとも言えない興奮の声を漏らし、手を前に出して誘われるように近づいていく。

火の上で輝く鶏肉は美しいきつね色をしている。全体的にてらてらと輝き、脂の乗った良質な肉だとわかる。熱された肉からは脂と肉汁が滲み、蒸発する水分と一緒にぷすぷすと小さく爆ぜる音を立てていた。

脂が落ちるたびに、竈の火が一瞬揺れて燃え上がる。なんとも魅惑的な光景だ。

肉の引力に抗えず、カミーユは刺さった棒に手を伸ばす。

その手を、銀の輝きがバコンと容赦なく叩き落とした。

「それに触ったら、荷物と一緒に即座に叩き出す」

それは、鉈《なた》を構えたシンだった。

刃ではなく背の部分で叩いたので、カミーユの手は切り落とされず、赤くなるだけで済んだ。

トマトの腹持ちが思ったより悪く、空腹を抱えたシンは機嫌が悪い。

それでも手早く美味しく食べるために、仕込みには精一杯に知恵を絞っていた。

鶏肉には臭み消しの香草と多めの塩を揉み込み、じっくりと焼いた。

それをもうすぐ焼き上がりというところで、横取りされそうになれば、キレるというものだ。

シンの瞳の奥でギラギラと底光りする殺気に気づいたカミーユは、声も出せずにこくこくと頷いた。そのまま伸ばしていた手を体の後ろにやり、すり足気味に後ろ歩きで引き下がっていく。

強張った顔に、これ以上の警告は必要ないと判断したシンは、鉈でカボチャを割る。最初は包丁でもチャレンジしたが、皮が硬すぎて鉈に変更したのだ。

そんな中、ビャクヤが声を抑えながら玄関から顔を出した。

「シンく〜ん。追加の薪を持ってきたでぇ〜っ……って、カミーユ起きたんかい！　……チッ」

最初は上機嫌だったビャクヤだが、カミーユを見るなり顔をしかめた。

「その舌打ちはなんでござるかぁ！」

ブーイングするカミーユに対し、ビャクヤはふてくされた態度で視線を返す。このままカミーユが眠りこけてくれていたら、鳥を一羽独り占めできたはずだったのだ。

本来、お一人様用の造りであるシンの家の台所は、ファミリータイプよりずっと手狭だ。竈だって、鳥を丸焼きするのは二羽がギリギリである。

「シン君は、昨日ぶっ倒れて飯抜いとるんや。しっかり食わなあかん。俺とお前は鳥を半分こやで」

「承知したでござる。某も手伝うでござるよ！」

手伝うと言っても、カミーユの料理の腕は微妙だ。

学科で習う野営料理はそこそこだが、それ以外は当てにならない。

「じゃあ、畑の収穫お願い」

「その後、草むしりやで」

シンとビャクヤは顔を見合わせて、料理と全く関係ないことを頼んだ。

朝から肉と浮かれているカミーユは、特に気にせず小走りで外へ向かうのだった。

それを見送った二人は、厨房に並ぶ。

しばらく無言で作業しており、調理の音だけが響く。

「カミーユは阿呆やから、多分気づいとらんけど」

ビャクヤが独り言のように口を開く。その視線は、今日のパンをこねる手元に集中している。

「シン君、加護持ちやろ？　それも相当強い。あの雷が落ちた時、空の上から信じられんようなごっついヤバい気配を感じたんよ。俺んとこの家、そーいうのに敏感なんや。なんとなくやけど、強い何かの気配はわかる」

シンは無言でちらりとビャクヤを見た後、包丁でカボチャを切り分ける。

茹でて裏ごしして、牛乳を入れて味を調《ととの》えれば、ポタージュスープになる。かなりの量ができそうだが、余った分はマジックバッグや異空間バッグに収納すればいい。

「故郷の強い本職らでも、あんなことできへん。呼べへんし、応えてもらえるわけがない」

ビャクヤがぽつぽつと喋り、シンはそれを静かに聞く。

「……シン君は、この国の神子なん？」

ビャクヤが絞り出した声には確信の響きがあった。

昨日のあの凄まじい轟雷を見て、シンの持つ力が普通じゃないと気づいたのだろう。

シンは冷静な頭で考えていた。

ビャクヤは人をよく見ている。村人はともかく、王族であるティルレインや貴族のルクスとの距離感の近さや、扱いの違いや、気遣いの気配を察した可能性は高い。

貴族と言っても、領地が筋金入《すじがねい》りのド田舎なパウエルと違って、ティルレインとルクスは生粋の上流階級である。

そして、シンにはティンパインの宰相チェスターの後ろ盾までついている。

ティルレインのお守りがきっかけで、チェスターが個人的にすこぶるシンを気に入ったということもあるが、神子という重要性もダメ押しとなった。

ビャクヤはどことなく様子を窺いながら、シンの答えを待っている。

もしかしたら、同級生は殿上人と言える存在だったのかもしれないと、不安に揺れていた。

「時にビャクヤ」

「なんや」

察しの良い狐は、僅かに変わったシンの気配に、怪訝そうな顔をした。

「毒を食らわば皿まで……って知っているか？」

「知っとるけど……なんでそんな怖い言葉を持ち出すん？」

シンはバレてしまったなら仕方ないと、腹を括っていた。

カミーユなら誤魔化せそうだが、ビャクヤは難しいだろう。今は煙に巻けたとしても、後々遺恨になるようでは面倒だった。

タニキ村を狼に囲まれ、救助がまだ来ない状況下で、これ以上トラブルになりそうな爆弾を抱えたくはない。

賢いビャクヤ相手に無駄な抵抗や嘘を重ねるより、開き直って引き込んだ方がいい。口は悪いが、身内にはなんだかんだと面倒見の良いビャクヤを、シンは気に入っていた。

「バレたからにはお前、僕の平民スローライフ維持のためにとことん付き合ってもらうからな」

夏の早朝に相応しい笑み。いつになく爽やかなシンの笑みがかえって胡散臭《うさんくさ》い。

「…………は？」

何を言っているか理解が追い付かないビャクヤの、間の抜けた声が漏れる。

そんなビャクヤへ、シンはさらに深い笑顔を向ける。そのやけに作り込んだ完璧な笑顔に、ズザッと音を立ててビャクヤが下がる。彼の中で警報が鳴り響いていた。

逃がすものかと、シンはその手を掴む。

「神子なんてクソ面倒なの、誰が好き好んでやると思ってるんだ。お前、ちょうど僕と背格好が近いし、替え玉に良いよな。頭の回転悪くないし」

怒涛の愚痴と悪巧《わるだく》みである。

聞いちゃダメな類の気配がビンビンする。ビャクヤが今更になって慌て出す。

「え？　はぁ!?　ちょ、ちょちょちょ!?　ちょぉ待て！　何するん!?　何する気や!?」

「僕の護衛が少ないらしいんだよね。知らない奴にうろつかれるのは嫌いだし、まあ、手頃かなって」

「だーかーら!?　なんやの!?」

ビャクヤはうがーっと叫び出しながら、身を捩って逃げようとするが、シンの腕は振りほどけない。自分と大して変わらない腕の太さなのに、びっくりするほど力強く掴んでいる。

シンの特技は弓なので、見かけより力があってもおかしくないが、騎士科のビャクヤがどれだけ抵抗しても、逃げられる気配すらない。

「ティンパイン公式神子の専属護衛。役職、聖騎士。一種の上級公務員だから、かなり給料がいいと思うよ？　神子本人から口利きすれば、高確率で公務員かそれに準ずる定職につけるけど」

ぴたっとビャクヤの抵抗が止む。

元より狐は賢い生き物だ。ビャクヤは獣人という立場上、テイランで理不尽《りふじん》な目に何度も遭《あ》って辛酸《しんさん》を嘗《な》めてきた。なんとかティンパインまで来て、学園に入学してきたが、出身国と種族から、就職は一般生徒より難しい。

まだ一年だが、卒業後の風当たりがゼロになる可能性は限りなく低いと理解していた。

メリットとデメリットの天秤《てんびん》が揺れ、ビャクヤの中でバチバチと勢いよく算盤が弾かれる。

特大の人参ならぬ、お揚げをぶら下げられた狐は、しゃっきりと姿勢を正した。

「シン君、前向きに検討させてもらうから、ぜひ詳しく説明してほしいんやけど」

同級生が身分を隠していたなんて、どうでもいい。

学園ではよくあることだ。貴族科なら毎年そういう王族やら貴族の子息子女がごまんといる。そして、評判の悪いテイラン出身＋獣人というハンデを持つビャクヤにとって、名門卒業という箔をもってしても、就職はかなり難しい。

この時点で内定をもらえるチャンスがあれば飛びつく。その後ろにティンパイン王国がいる＝倒産や没落による失職の可能性が低いとなると、もう手揉みをして「喜んで！」と言いたい条件だ。

普通ならまず紹介すらされず、そんな募集があったことすら知らずに終わる働き口である。

「まずはさっきの答えだけど、僕は確かにティンパイン公式神子だよ。好きでやっているわけではないから、基本は自由にさせてもらうのを条件に引き受けた。他所《よそ》の国に行っても追いかけ回されて監禁されるのが目に見えているからね」

テイランに下った神罰の影響があり、加護持ちの価値の上昇は止まらない。

それでも身軽なのは、シンたっての願いだからだ。

シンの性格と状況を知り、ビャクヤは納得した。

「ふんふん。あ、じゃあレニちゃんって、護衛なん？　趣味や考えが近いにしても、よく一緒おるなーって思っとったけどそれなら納得や」

やはりビャクヤはよく見ている。学園でよくシンと行動を共にしているレニの事情も見抜いていた。

今までビャクヤは深く言及しなかったが、少し思うところはあったのだ。

血縁関係でもなく、付き合ってもいない男女が行動を共にしているのは、少し不自然に見える。シンは何度も彼女と付き合っているのかと疑われた。

「そうだよ。もう一人護衛の人はいるけど、年齢や影武者を立てる都合、学園ではその人は別行動をしている」

「ほほーん。せやから、レニちゃんが最初あんなに警戒しとったのか」

ビャクヤが初めて会った頃のレニは、毛を逆立てた猫のようだった。

「もう一人の護衛は、アンジェリカさんだよ。時々ここに来る美人さんいるでしょ？　護衛はその二人」

「ふーん………は？　ちょい待ち。二人？　たった二人？　俺入れても三人？」

ふんふんと頷いていたビャクヤだが、少数精鋭が極まっているのでぎょっとした。

お国の大事な神子様に対して、専属護衛が少なすぎる。

「カミーユも誘っておく？　アイツも座学的なところはアレだけど、それ以外は優秀だし。何より気楽なのがいい」

カミーユの騎乗スキルや体術、武術関連は、なかなかのものである。普段の言動にアホっぽさが目立つせいで霞《かす》みがちだが、実技においては優秀なのだ。

「それでも四人やん！　少ない！　一桁？　いや、二桁でも足りんやろ⁉」

「嫌だよ。そんなゾロゾロ連れたくない。なんで小僧一人のためにそんなにいるんだよ」

「必要！　あんなぁ、今のご時世加護持ちはただでさえ価値が高騰《こうとう》しとるんやで⁉　今まで強かった戦神が消失してもうたし、神罰が起こりまくっとるし……！　小僧も爺もあらへんのや！」

ビャクヤが興奮しながら忠告するが、シンはシレッと受け流している。

「ウザイから嫌だ」

まともなことを言っているのはわかっていても、シンは自分のプライベートが侵害されるのは我慢ならない。

シンがまっすぐな目をして頑なに拒否をすると、ビャクヤは「それはあかんと思うで……」とがっくりと項垂れた。

「神殿から一度、いきなり六人も人が派遣されたことがあって、完全にハニートラップモドキの産廃みたいな女騎士ばっかりだった。その中からまともだったアンジェリカさんとレニだけ残ってもらっている状態だよ。まあ、神殿は信用できないから、基本ティンパイン王国の庇護下になっている。護衛も数より質が欲しい。ゴミがいても意味がないし」

「ハニトラ？　神殿の奴ら、何考えとるん？　あとでトラブルのもとになるだけやろ」

シンが嫌いそうな媚びの売り方である。ビャクヤがドン引きしているが、シンはそれに同意する。

「ハニトラ先発部隊は捨て石で、後で本命を送る予定だったみたいだけど、季節が冬だったからね。後発部隊は来られなくなって、産廃が秋の終わりから長く居座っていたよ」

溜息交じりに言うシンは、そのことを思い出しているのか、遠くを見ている。

懐かしむというか、感情を消して嫌なモノや臭い物に蓋をするような温度のなさだ。

ビャクヤは一悶着《ひともんちゃく》の気配を感じ、あえて深くは突っ込まずにスルーした。

「山は雪が降りやすいもんなぁ」

今は真夏だが、高い山のてっぺん付近にはまだうっすらと白いものが残っている。

きっと冬場のタニキ村では凄く積もるだろうことは、想像に難くない。

神罰の影響もあり、去年の大雪の恐ろしさは記憶に新しい。街道や山道は凍結し、確実に行ける方法は空路以外になかったのだろう。

「村の男どもを誑《たぶら》かして修羅場量産しまくって、最悪だったよ。チェスター様とかが動いてくれたから良かったけど、ワイバーンで文字通り飛んできて連れてってくれなかったら、あいつら春までいただろうね」

シンが思い出して遠い目になる。

とんでもない騎士たちだった。あれを騎士と言っていいのか微妙だが、一応は聖騎士の鎧を着ていた。

男関係以外にも、気にくわない同僚は虐《いじ》めるし、護衛任務や訓練はサボるし、他所様宛の荷物を漁って窃盗《せっとう》をするしと、なかなかの曲者《くせもの》であった。

特に最後の一つがダメ押しになって、王都にいる女傑《じょけつ》たちの逆鱗《げきりん》に触れて御用となったのだから、自業自得だ。

「ちょい待ち。ワイバーンって、竜騎士やろ？　王宮騎士の中でも花形の精鋭やん。シン君、ほんまＶＩＰやん！」

「王家直轄とか言っていたような？　まあ、神殿よりずっと迅速に動いてくれたから、心証はティンパイン王国の方が良いんだよね」

シンは神子になったものの、基本チェスターに手厚く守られている状態だ。

おかげで平民のような生活を送れているし、狩人や冒険者として活動もできている。

もしもシンが問題児なら、チェスターは丸め込む手段を打っただろう。だが、シンは学業を優先しつつのんびり自活したいと、慎ましい生活を望んでいるだけだ。まともな末っ子を見守るスタンスで、チェスターはシンを庇護している。

また、シンの庇護者にはロイヤル＆ノーブルな女傑たちもいるが、彼女たちはシンのお手製美容品にすっかり依存しているので、ティンパイン王国の重鎮たちも軒並み黙るしかない。

「シンくぅうん！　君、前線に立ってええの!?　あかんくない!?　あかんやろ！」

「黙ってタニキ村がやられるのを見ていられないよ。僕の家はここにしかないんだ」

「せやかて、シン君はティル殿下と一緒に逃げるべき人やろ!?」

「そこは無理言って押し通した」

「シンくぅうう̄ーん!!」

まさかの本人の駄々こねである。ビャクヤはズシャアと膝をついて、項垂れる。

シンはこうと決めると結構頑固である。我儘ではないが、お人好しとは程遠い。

(でも逃げられへんやろ!? ティンパイン公式神子の情報は、国民どころか貴族にも伏せられとるって聞いたことある! 知った時点でアウトやろー!)

ビャクヤは早くも、護衛対象が結構厄介だと理解した。

しかも、ティンパインのトップシークレットを、外国出身の獣人が知ってしまったのだ。下手を打てば首をチョッキンされたり、一服盛られたりしてもおかしくない。

シン自身にはそこまで追い詰めるつもりはなくとも、彼の身分や素性《すじょう》はそういうレベルなのだ。

ビャクヤは一瞬迷ったが、開き直った。

「お給金の方はきっちり貰うで! ビタ一文負けへんよ!」

ビャクヤなりのせめてもの抵抗だったが、護衛のお給料事情など知らないシンは「その辺はアンジェリカさんやチェスター様あたりに聞いて」と、呑気《のんき》に返すのだった。

ちなみにその頃、チェスターは途絶えた連絡に胃をキリキリさせながら気を揉んでおり、アンジェリカは先日の攻防の後片付けに奔走《ほんそう》していた。

◆

シンとビャクヤが雇用交渉をしていた頃、アンジェリカは櫓や柵を見て回っていた。

大半が結界に阻まれたが、一部ではあわや侵入という危険なところまで追い込まれていた。そもそも柵だって木製で急ごしらえなので、何か不備がないとも限らない。丁寧に一つ一つ点検していた。

正直に言えば、アンジェリカもシンに付き添っていたかった。しかし、回復や治癒などの魔法を使えず、調合スキルでポーションも作れない彼女ができることはたかが知れている。せいぜい、部屋に留まってヤキモキして自問自答を繰り返すだけだ。

ならば、少しでも時間を有意義に使おうと、積極的に動いている。

もともとアンジェリカは神殿から派遣された聖騎士だが、戦力というより場を華やかにする添え物として選ばれた。彼女もそれを理解していた。若い女性ばかりで構成され、腕より容姿が重要視されていたからだ。

多少戦闘訓練は積んでいたし、座学も修めていたが、本職に比べれば素人に毛の生えた程度。それでもアンジェリカは腐らず、鍛錬を重ね、独学でも研鑽《けんさん》を積んだ。

その生真面目《きまじめ》すぎる性格が周囲から浮いているとわかっていても、怠《なま》けていい理由にならないと信じていたのだ。

結果、ティンパインからも聖騎士に認められ、シンの護衛として残ることを許されたのは僥倖《ぎょうこう》だった。努力が報われたのだ。驕《おご》るつもりはなく、ただ誇らしかった。

アンジェリカの実家には、彼女の居場所はない。

妹のマリスに全て奪われた。

憎悪や怒りを超えて、もはやどうでもよく、関わりたくないと感じている。

今の充実した生活があるから、そう思えるようになった。

（あ、在庫が少ない……）

先日の戦いで矢や投石用の石がほとんどなくなっている。

レニのように土魔法を使えれば、石の代わりに硬い土塊《どかい》でも用意できただろう。

（村の中で探すのには限度がある。外に拾いに行けるだろうか……雷で狼は後退したから、危険度はぐっと下がっているし）

村人たちが必死に放った攻撃で、壊れてしまった矢や砕けた石もあるだろう。それを含めても、効率はいいはずだ。

アンジェリカは念のため、櫓にいる人にも注意をしてもらい、狼の姿を見つけたらすぐに教えてくれるように頼んでから、外へ向かう準備をした。

一人で籠を持ち歩きながら拾い集めるより、騎獣がいると効率がいい。ただ、先日の襲撃と雷で騎獣の多くは怯え切っていたし、そうでなくとも駆け回っていた騎獣は疲弊している。そんな中、彼女はなんとか連れ出せそうな馬を見つけ出した。

ブラッドウルフ対策の扉は頑丈だが重く、大人の男数人がかりで開閉しなければならない。村の入り口を開けてもらって外に出る。

雷で村の周囲は焼け野原になっており、見晴らしは良い。この季節、草木が青々と茂って背を伸ばすが、それが全てなくなっていた。その代わりに地面を穿つ雷撃の跡や黒々と焦げた木の残骸が転がっており、その威力を物語っていた。

（やはりシン様は凄いお方だ。神々からの寵愛《ちょうあい》の力とは凄まじい）

アンジェリカは一瞬その風景に呆然としたが、すぐさまやることを思い出してせっせと目当ての物を拾い集める。

矢は損傷が多かった。戦闘の衝撃で折れたり燃えたりしたものも結構あり、思ったより拾えそうにない。

荷馬に載せた籠に、拾った矢や石を詰め込んでいく。

「アンジェリカちゃ〜ん！　遠くで狼どもが顔を出しはじめた！　早く村に入んな！」

その時、櫓にいた村人が声を張った。

あっちだと指さすが、アンジェリカの目には岩や木々と区別がつかない。高低差で見えないのかもしれない。

目視はできないとはいえ、確認できる距離になるまで悠長にしていたら危険だ。

「ありがとうございます！　戻ります！」

アンジェリカは声を張って礼を言う。

まだ拾い足りなかったが、命あっての物種だ。アンジェリカは馬に跨り、すぐに村に引き返した。

村の入り口では、騎乗したアンジェリカがギリギリ通れるくらいまで入り口が閉められていた。

村に入る前にちらりと後ろを見ると、狼らしき影が数頭走り出しているのがわかる。

昨日、あれだけ仲間が死んだというのにまだ人間を襲おうとしている。人間に一度執着するとしつこいというのは本当のようだ。

(狼はまだ諦めていないわ。あんなに近くで、まだ村を見張っている。シン様とパウエル様……ルクスにも報告しなくては)

半分も満たされていない籠をちらりと見た後、アンジェリカは領主邸に向かった。

思ったよりがっかりしているのは、昨日の雷撃で恐れ慄いた狼が退散しているのではないかと、心のどこかで期待していたから。

そんな弱気な心を叱咤し、アンジェリカは顔を上げた。

「荷物はこっちで運ぶよ。矢なんかは本職に見てもらって分別するよ」

村人の一人が手伝いを申し出た。

「ありがとうございます。お願いします」

アンジェリカも一応は確認しながら拾っていたが、しっかり選別できていない。その申し出はありがたかったので、村人に拾った石と矢を渡す。

その時、櫓の上から悲鳴が聞こえた。

顔を上げたアンジェリカが見たものは、砕け壊れる櫓と宙を舞う人。ばらばらとガラス片のように割れて散らばる結界は、形を保てなくなって溶けていく。

だが、それだけでは終わらない。

大きな音と共に、閉じられていた入り口が揺れた。何か強烈な力で叩きつけられているのがわかる。轟音の合間に木材が軋む不吉な音も聞こえる。

「みんな伏せて――」

警告する前に、頑強なはずの扉が破壊された。

その衝撃は扉だけでは収まらず、傍にいたアンジェリカや村人も巻き込んで吹き飛ばす。

彼女は民家の壁に当たって、背中を強打した。肺の空気がおかしなところに流動し、息が苦しい。

背中だけではなく頭もぶつけたのか、眩暈がする。

悲鳴を上げることもできず、立ち上がることもできない。

(気を失ってはダメだ……! 報告を、しな……ければ)

村の防衛ラインである結界が破壊された。

顔に何か液体が伝う。血だ。目に入り、視界が赤く染まる。ぐらつく視界の中で、何か大きな黒いものが動いた。

熊かと思ったが、シルエットが何か違った。目を凝らすと熊より体が細長い。面長で耳も尖っている。毛皮が全て黒く、光を吸い尽くすような深さだ。普通の生き物ではない。

凝視《ぎょうし》しているアンジェリカに気づいたのか、それは急に振り返りこちらを見た。

彼女はその目にぞっとした。

おおよそ生物とは思えない悍ましい目をしていた。今まで獣や魔物と対峙したこともあるが、それとも比較にならない。これは存在してはいけないものだと、本能でわかる。

相容《あいい》れない何かだ。

もし、恐怖や死という概念が形を持っていれば、こういうものになるのだろうと思わせた。

それがアンジェリカを注視している。そして、歩みを向けていた。

（ああ、私は死ぬのか。志《こころざし》も半ばで、ようやく居場所を見つけたのに）

――走馬灯《そうまとう》のように幼い頃の記憶が流れる。

元気だった頃の母、まだ優しかった父。婚約者とも関係が悪くはなかった。

厳しい令嬢のマナーレッスン。初めてのお茶会。当主としての勉強の日々。母の死と異母妹。冷たい家族。学園生活。裏切った婚約者。

何もなくなった自分。神殿での生活。同じように居場所のない人たちとの出会い。

緊張しながら来たタニキ村。初めて会った神子。警戒されて、相手にされなかった。

聖騎士の中で意見が分かれた。隊長であっても、アンジェリカは軽んじられた。

自分は間違っているのだろうかと迷ったが、努力は無駄ではなかった。アンジェリカとレニは居続けることを許され、正式にたった二人だけの聖騎士になった。

居場所ができた。

騎士としてこの方に尽くそうと決めた。でも、それを言うと嫌がられそうだから心に秘めた。

タニキ村での日々と、王宮での生活。そんな中、恋人ができた。

（……ああ、こんなことなら、ルクスに）

ちゃんと好きだと伝えて、結婚したいと返事をすれば良かった。

答えを先延ばしにしていたのは自分だと、後悔するアンジェリカ。

貴族としては中途半端で、聖騎士と言ってもまだ一年にも満たない新人の彼女が、伯爵子息で、次期当主のルクスと釣り合うとは思えなかった。

ルクスはなんとかすると言っていたが、かつて異母妹に婚約者を奪われて家を追い出されたアンジェリカには自信がなかった。

後悔の念と謝罪の気持ちで涙が頬を伝う。

黒い狼は、ざり、ざりと音を立てて近づいてくる。

これがシンの言っていたヴァンパイアウルフなのだろう。

抵抗しなくてはと思っているのに、体が鉛《なまり》のように重い。意識が今にもなくなりそうだ。

ふと、視界の隅で赤いものが揺れる。煙か湯気のようなそれは、風もほとんどないはずなのに、くゆりながら一点に向かって流れていく。

目だけでその先を見ると、ヴァンパイアウルフ——その口元へ流れていっている。アンジェリカの視線に気づいたのか、ぺろりと口の周囲を舐めた。

血を吸っているのだ。

血と一緒に、アンジェリカから抵抗する意思や生きる意欲まで奪っているように感じる。

ヴァンパイアウルフがすぐ目の前まで来た。ゆったりとした歩調や、微塵も逆立っていない毛並みからわかる。ソレはアンジェリカを完全に無力な餌だと認識している。

だが、アンジェリカは諦めていなかった。

「うあああああ！」

せめて一矢報いようと、半身を上げた。傍に落ちていた折れた矢を握り、その鏃をヴァンパイアウルフの顔へと振り下ろす。

だが、鼻筋へと突き刺した鏃はパキンと軽い音を立てて砕けた。ちゃんと手ごたえはあった。それでもヴァンパイアウルフの頑丈さの前では傷一つつかなかったのだ。

アンジェリカの目に絶望が宿ると、それを待っていたように、ヴァンパイアウルフは目を三日月のように細く歪め、獰猛に口角を上げた。

無駄になった抵抗を嘲笑っているのだ。

それで満足したのか、あるいはアンジェリカに興味を失ったのか、ヴァンパイアウルフは大きな口を開けて迫ってきた。

まもなく来るだろう激痛に耐えようと、きつく目を閉じて、体を強張らせるアンジェリカ。

ゴキャリ、と硬いものが鈍く軋んで、砕ける音がする。

どの骨が砕かれたのだろうと、アンジェリカは恐怖した。だが、不思議なことにいつまで経っても痛みは来ない。

恐々と目を開けると、並んだ蹄が目の前にあった。その下に、黒い何かがうようよ動いている。

(……ピコ?)

シンの愛馬の一頭だ。

アンジェリカは名を呼んだつもりだったが、僅かに喉を振るわせて小さく息を吐いただけだった。

それでも呼ばれたことに気づいたのか、ピコは耳を揺らす。ティルレインが名付けた由来通り、耳を上下にピコピコと動かしていた。

ぼんやりとする意識の中で、オレンジ色に近い鹿毛であるはずのピコの毛並みが、白銀に輝いて見えた。

ゆらゆらと陽炎を思わせる揺らめきのある輝きが、ピコを白馬に見せている。

アンジェリカを見ながら小首を傾げるピコ。足元で蠢く黒い謎のブツ（推定：ヴァンパイアウルフ）が鬱陶しかったのか、ずどんと蹄攻撃を食らわす。

今度は蠢く力も失ったのか、黒い塊《かたまり》はべちゃりと広がって水のようになっている。

ピコの足に触れていること自体がダメージになるようで、端っこからシュワシュワと煙を上げている。

唖然とするアンジェリカを見つめるピコは、角を一振りすると、光の粒子を散らした。

それは周囲に雪のように舞い降り、人々にも降り注ぐ。

その効果は劇的だった。アンジェリカを苛《さいな》んでいた激痛と倦怠感はみるみる引いていき、力が戻ってくる。

きっとここにいたら、ピコの邪魔になる――そう考えたアンジェリカは立ち上がり、離れることにした。

ピコだって、傍に動けない人間がいたら暴れられないだろう。

先ほどの様子からして、ピコはアンジェリカを仲間と認識し、守るべき相手と見なしている。

ヴァンパイアウルフは強い。不甲斐《ふがい》ない話だが、今のアンジェリカでは太刀打《たちう》ちできない。ここに留まってても お荷物だった。

ピコの足元ではまだ黒い存在がうねっている。ビチビチと抵抗しようとするたびに、蹄でガツガツとやられて大人しくなっていたが、だんだんと黒い水溜まりは大きくなっている。

静かに範囲を広げ、ピコの周囲を黒く染め上げていく。

次の瞬間、その漆黒が足元からピコの全身を覆うように、一気に翻《ひるがえ》った。

「ピコ、あぶな——」

アンジェリカが咄嗟に警告しようとした時、ピコは「ふすっ」と僅かに面倒そうな溜息を吐く。

ズドンと重い物を蹴たぐる音。同時にピコを包もうとしていた暗黒物質が、門も柵も軽々と越えて吹っ飛ぶ。

鈍い音を立てて村の外に放り出された黒い球体となったヴァンパイアウルフと思《おぼ》しきものは、数度バウンドしてから止まった。そして、ブルブルと震えたかと思ったら、狼の形に戻った。

ちょうどそこには、ブラッドウルフを活き活きと追い回しながら殲滅して回るグラスゴーがいた。

グラスゴーはヴァンパイアウルフをちらりと見ただけで、また雑魚狩りに戻る。

どうやら村にブラッドウルフが来なかったのは、グラスゴーが気まぐれぶち殺し祭りを開催していたからのようだ。

狼が馬を追い回すのではなく、馬が狼を追い回している。普通の食物連鎖とは逆の光景である。

しかし、馬の角が見るからに危険そうな魔力を纏い、バリバリと音を鳴らしながら走り回っているのだから、ちょっと食欲とガッツのある程度の狼側が逃げ惑うのも仕方がないことだろう。

グラスゴーの存在は、ヴァンパイアウルフにとって脅威だった。

デュラハンギャロップは筋金入りの戦馬だ。母馬といるような幼い仔馬《こうま》ならなんとかなったが、そこにいるのは見るからに元気が溢れ、血気盛んそうな雄の成馬だ。

明らかに本気でない様子で、ヴァンパイアウルフの配下を屠《ほふ》っている。雑魚ではなく、精鋭と言える側近クラスのブラッドウルフが、為《な》す術《すべ》もなく打倒されている。

前門にピコ、後門にグラスゴー。挟み撃ちにされ、ヴァンパイアウルフは逃げることもできない。

ヴァンパイアウルフは、自分にとって厄介な存在になりそうなシンを殺しに来た。

神々の寵愛を受けたその血肉を啜れば、また一段と存在の高みに上がれる。まだ幼く弱いはずだと思っていたのに、こんな化け物が近くにいるのは予想外だった。

この二頭の存在自体は知っていたが、以前見た時よりも格段に危険度が増している。

視界にその存在を認めるだけで、本能が警鐘を鳴らす。

ヴァンパイアウルフは知らぬことだが、キマイラからの神力とシンの魔力が籠った宝珠を呑み込んだ二頭は、たった数日で能力を飛躍的に向上させていた。

それこそ一睨みの眼光で、ヴァンパイアウルフが萎縮《いしゅく》するほどに。

第六章　ヴァンパイアウルフの末路

「僕の愛馬たちがいない‼」

その頃、シンは厩舎の前で呆然としていた。

真っ青になってアワアワしながらも、家からすぐに魔弓グローブを持って飛び出そうとする。だが、それはビャクヤに阻まれた。

「シン君！　ショックなんはわかるけど、あの二頭なら絶対生きとる！　つーか、村の外でバチコンバチコンいっとる！　絶対アイツらや！」

「グラスゴーはやりそうだけど！　ピコはそんなことしないお嬢さんなの！」

愛馬たちの不在に動揺したシンが吠えた。

その声を聞いて、家からひょっこり顔を出したカミーユが、首を傾げる。彼は骨にくっついている僅かな肉をこそぎ取りながら言う。

「シン殿、本物のお嬢様は人食い狼の頭を足蹴にして潰して、土とこねくり回して殺さないでござる」

カミーユの見立てでは、ピコは敵に対して相当ドライだ。

シンを害すると判断すれば、グラスゴーとどっこいの荒々しい一面を出してくる。ご主人様至上主義の過激派だ。

確かにグラスゴーよりは気性が穏やかだし、他の人間も背に乗せてくれる。だが、それは主人の敵ではない人に限るという注釈が付く。

しかしシンは、説得されても諦めずに走り出そうとする。それを止める騎士科の二人だったが、結局愛馬たちを心配するシンに負けて、騒動の様子を見に行くこととなった。

愛馬二頭がいないため、シンとカミーユとビャクヤは走って移動していた。

大気を揺るがす爆音が響いてくる。

なんなら、震度二くらいの揺れと共に地響きも聞こえていた。かなり派手にドンパチやっているのが、ここからでもわかる。

彼らが向かっているのは、この騒音のする方である。タニキ村には強大なスキルの持ち主や、爆音を放つような魔法を使える人間はいない。必然的にこの騒ぎの主はグラスゴー、もしくはピコになる。

シンたちは走っている途中、ルクスがぐったりとしたアンジェリカを抱き上げて運んでいるのを目撃した。

血がついた装備はボロボロで、土で汚れている。白い鎧を着ているので、余計に目立つ。

アンジェリカは意識を失っており、ルクスが心配そうに見ている。

「負傷したんですか⁉」

シンの心配の声にルクスが答える。

「いえ、怪我はないようです。恐らく緊張の糸が切れたのか、魔物の強い殺気や魔力に当てられてしまったのかと」

アンジェリカの容体に緊急性がないことに、シンはひとまずは安心した。ルクスに任せれば大丈夫だろう。

「シン君、くれぐれも外には出ないように」

「気を付けます」

気を付けるし、警戒はするが、出ないとは言っていない。

ちょっと狡賢《ずるがしこ》いシンであった。

周囲を見れば、大小の破片が散らばっている。木材の形からして、村の入り口に設置していた門やその周囲の柵、そして櫓の残骸だろう。

こんなに木っ端微塵にされて、村人が萎縮している——と思いきや、そうでもない。

こそこそと隠れるようにはしているが、興味津々《きょうみしんしん》とばかりに瓦礫《がれき》の後ろから外を見ている。

なんとなくシンもそれに倣《なら》い、隠れて村の外を見た。

ドッカンドッカンやっているので、土煙や小さな瓦礫が飛んでくる。

そっと覗いて見えてきたのは、シンの中でお嬢さん認定されているピコが、サッカーよろしく黒いぼろ雑巾もどきを蹴り飛ばして、グラスゴーとパス回しをする様《さま》だった。

二頭とも元気で怪我もなさそうだ。その姿に、シンはほっと胸を撫で下ろす。

「おーい、勝手に外に出ちゃダメだろ」

シンがひょっこり顔を出して声をかけると、二頭は「あ、やっべ」と言わんばかりにびくりとした後、不自然に勢いよく振り向いた。

その時に気が逸れたのか、謎の黒ぼろ雑巾はごろんごろんとグラスゴーの足を素通りしていった。

ゴロゴロゴロと転がる暗黒物質雑巾（仮）は、割れた地面から大きくそそり立っていた瓦礫にぶち当たり、めちゃっと湿った音を立てて広がった。

「……何これ。本当にナニコレ」

正体不明すぎる黒い塊に、怪訝な顔をしたシンが近づく。

汚い。率直な感想である。

次の瞬間、ソレは大きな闇として広がって、シンを取り込もうとした。

しかしシンが闇に包まれるより速く、愛馬たちが角ビームを食らわせる。

『Gyaaaaooooaaaaaaaaa!!』

空気がびりびりと震えるほどの、悲鳴とも怒号とも取れる絶叫。

びっくりしていシンを守るように、グラスゴーがシャツの首辺りを噛んで持ち上げ、背中に乗せる。

黒いシミは、うぞうぞと不気味な収縮を繰り返している。

時折、触手や気泡のようなものが現れて、黒の中にまた沈む。その気持ちの悪い動きは何度も繰り返された。

察してはいたが、明らかに普通ではない。今まで出会ってきた動物や魔物の中に当て嵌《はま》らない異形の敵に、シンは慄いた。

「気持ち悪い！　生理的に受け付けない！　襲撃してきたのは狼じゃなかったのか⁉」

シンはねばねばしたり、ぐちゃぐちゃしたりしたものが苦手だった。

アメーバ系のスライムやゾンビなどで、腐乱が進んで妙に蛆虫《うじむし》が湧いたのも苦手だ。そういう音だけでぞわぞわしてくるタイプである。

運悪く出会ってしまったら、そっと目を逸らしつつ魔法で土に埋める。

強いとか弱いとかではない。存在が生理的に受け付けないのだ。見ているだけでゴリゴリと正気や活力が削られていく。

シンがひぃひぃ言って両腕にびっちり立った鳥肌をさすっていると、アイコンタクトを取った愛馬二頭は、「遊んでないでちゃんとヤろう」と決めた。

蠢きながら、性懲《しょうこ》りもなくシンを狙っているヴァンパイアウルフを、魔力マシマシの角からビーム（雷）でじゅっと消滅させるピコだった。

あっさりと討伐が終了したことなど知らないシンは、鳥肌が消えてからやっと周囲を見渡した。

「あれ？　ヴァンパイアウルフは？」

どこ行ったというか、どこにいるんだと首を傾げるシン。

シンはヴァンパイアウルフの狼形態を見ていないので、さっきまで不気味に蠢いていた軟体モドキがソレだなんて、気づくはずもない。

「知らない？」

シンから問われた二頭は「やっつけたよ！」と、ヴァンパイアウルフがいた付近の地面を前脚でガツガツと鳴らす。

「蹄痛いの？　怪我したのか⁉　それとも毒⁉」

普段は察しがいいはずの飼い主だが、こういう時には気づかない。

グラスゴーとピコは訂正するようにさらに蹄でガリゴリ地面を削ったものの、シンがマジックバッグからポーションを取り出すと、ぴたりと止まる。

どうでもいい黒雑巾（故）より、大好物だ。

「はい、これ。解毒と傷のポーション。治癒魔法も掛けるけど、念のため飲んで」

二頭とも無傷で元気いっぱいだったが、ご主人様からしかもらえないご馳走《ちそう》を差し出されて、断る理由はなかった。

まだヴァンパイアウルフがいるかもしれないと周囲を警戒しているシンのことなどころりと忘れ、ポーションに夢中になる。

当然ながら、シンがいくら警戒しても、目を凝らしても、ヴァンパイアウルフは発見できない。

目の前には破壊痕が多大に残る地面と、自然あふれる風景ばかり。

しばらくして、不在を心配したハレッシュとルクスが大慌てで連れ戻しに来るまで、シンはそこにいたのだった。

◆

翌日、ハレッシュが村の外を一通り確認しに行った。

土地勘もあり、元騎士でもあるハレッシュが一番適任だ。彼は大量の魔石を持って帰ってきた。

中でもひときわ大きい魔石は、一見黒く見えるものの、角度によって赤や紫を帯びて見える。

他にも赤っぽい魔石や黒っぽい魔石があったが、どれも指先程度の大きさ。一抱えほどあるダントツに大きいその魔石が、ヴァンパイアウルフのものだろうと結論付けられた。

消化不良ながらも、シンは平和がやってきたと理解した。

一番活躍した二頭の馬は、複雑な主人の心など知ったことではなく、ご機嫌だった。

その日の午後には、エルビアからの討伐隊がタニキ村に到着した。

ヴァンパイアウルフが倒された後、僅かに残ったブラッドウルフは小さな群れを形成していた。

とはいえ、グラスゴーとピコを恐れて逃げた烏合の衆だ。ボスや群れを見捨てた狼たちの寄せ集めは、最初から非常に怯えていたので、選抜された討伐隊に為す術もなく倒されたそうだ。

彼らは下っ端も下っ端で、ご馳走である人間の血肉の味を知らないブラッドウルフ。

人間への執着は薄く、あの群れでも最弱層だった狼たちだ。

それらは魔馬二頭の超火力魔法からずっと逃げて、生存本能のままにひたすら遠くに行こうとしていた。

肉体面でも精神面でもズタボロ状態では、万全で統率の取れた討伐隊の敵ではなかっただろう。

タニキ村に着いた討伐隊は、てっきりすぐに帰るかと思いきや、万が一にも取りこぼしたブラッドウルフがいたら大変だからと、少しの間残ることになった。

彼らは村の整備をしてくれて、散乱した柵や櫓を撤去し、新しい塀を造っている。

シンはその様子を、家の窓から眺めていた。

ずっと緊張状態のまま魔力を多く使用する日々を送っていたので、寝ていろと言われているのだ。

ポーションを飲んだし、すっかり元気なのだが、玄関の外でアンジェリカが見張っている。

シンが一度こっそり抜け出して狩りに行こうとしたら、見つかって怒られた。ハレッシュやジーナまで参戦して雷が落ちた。

元社畜の「大丈夫」の基準は、こっちではアウトらしい。

仕方ないので、シンは本を読んだり課題を見直したりと、インドア生活だ。正直飽きている。

調合は魔力を使う場合があるので、やったらダメ。家の中ではカミーユかビャクヤがいるから、バレる。特にビャクヤは勘が鋭く、聴覚も嗅覚も冴えているので、すぐ気づかれてしまう。

三日もすると動かなすぎて逆に体がだるくなってきたので、シンはなんとか周囲を説得して、ようやく外に出られた。

ほどほどにしろと口を酸っぱくして言われ、シンはちょっと不服である。

「なんでそんなに信用ないんだよ！」

「シン君、お子様なのに勤勉すぎやもん。暇さえあれば狩り・勉強・畑仕事って、バチクソに働いとるやん。君は奴隷やなくて神子やろ。もっとだらだらしぃ」

畑帰りのビャクヤが偶然通りかかって、シンの叫びを拾った。そして見事にカウンターで投げ返してきた。

ちょっと小さくなってもまだまだ残るシンの社畜ハートに、ぶっすり刺さるお言葉だ。

「ほれ、カミーユを見てみぃ。昨日、荷物整理の最中にやり残した課題が見つかったのに、腹出して寝とるで。コイツ、座学のレベルがクソザコなのに、こんな呑気にふてぶてしいんやで?」

最初の二文字で途切れた答案は、ほぼ真っ白だ。カミーユはそのまま夢の世界へ旅立っている。

これは夏休みの宿題ではない。ミニテストで赤点を取ったカミーユだけがやらなくてはいけない課題である。ビャクヤにはそんなものはない。

「でもそれ、見習ったらアウトじゃん。僕、一応は貴族の後見のもとで入っている平民扱いだから」

「せやな……ダメな見本やな。シン君、神子様として入学すれば、王族よりロイヤルな生活を送れて特別措置をめっちゃ受けられたはずなんに、どうしてわざわざ苦労する方選んだん?」

「四六時中監視されるのって、苦痛。めんどい。無理」

きっぱりとシンが言い切るので、溜息をついたビャクヤは「そりゃそうかもやけど」とぶちぶち言っている。

護衛になる身としては、護衛対象のこのスタンスに物申したくなるのも仕方がない。

働きすぎを咎《とが》められたシンは、しぶしぶ休みを継続することにした。

家での作業は多少目こぼしされる。外で許される作業は農作業と馬たちのお世話だけ。

普段は狩りに採取にと山中を動き回っているシンなので、当然ながら時間が余る。

そうだと思いつき、大事な我が家をリフォームしようとしたら、それは労働にカウントされてしまって許可されなかった。

数日は大人しくしていたが、今までのびのびスローライフをタニキ村で謳歌し続けていたので、限界はすぐに来た。

外に出たい。グラスゴーやピコを乗り回し、山を駆け抜けたいという衝動がふつふつと湧いてきて、止まらなくなってしまった。

(言い訳……なんかいい感じにアンジェリカさんとビャクヤを納得させられるような言い訳を考えなきゃ)

うんうんと考えていたが、ふとスマホが目に入って、妙案を思いつく。

(フォルミアルカ様を理由に使えばいいんだ！)

結構酷い思い付きである。

シンは曲がりなりにも神子である。神様にお祈りしてもおかしくない。加護を与えてくれる神様なのだから、なおさらだ。

捧げものとして花を摘みに行くという口実で、外に出られないだろうか。

今は夏。温暖な気候と日差しがあるので、木々も草花も生い茂り、花や実をたくさんつけているはずだ。

（そういえば、基本山や森は狩り目当てで行くから、花は探したことはないな。それなりに見栄《みば》えがする花を見つけたい。池に大きな蓮《はす》があるのを見たことはあるけど、あれって午前中の早い時間に咲くし……）

記憶を掘り起こしながら、ああでもないこうでもないと唸るシン。

山のどこかに山百合《やまゆり》が群生していた場所があった。

しかし、村に帰省してすぐの時に見た花だから、もう枯れてしまっている可能性も十分にある。花の季節は結構短い。

（やっぱり直接行って探すのがいいよね）

悩んでも埒《らち》が明かない。

シンは身支度を整えると、カミーユの課題を見てやっているビャクヤの目を盗んで、こっそり出かけた。

口うるさく教えているので、ビャクヤはその動きに気づかない。

シンはそっと裏口の方から出ていって、厩舎に向かう。

玄関にはアンジェリカがいたが、ちょうどジーナに話しかけられていて、意識がそちらに向いている。どうやら、ルクスとの仲を弄られているようだ。

わたわたとしながら頬を染めているアンジェリカを、ニヤニヤとしたジーナが突いている。

絶好のチャンスだ。

シンはこの際、アンジェリカにバレてついてこられるのは仕方がないと思っていた。

（撒ける！　今なら撒けるぞ!!）

いけないことに、ちょっとテンションが上がるシンだった。

だが、庭で薪割りをしていたハレッシュと、ばっちり目が合う。

シンが口元に人差し指を当てて「しーっ」とやると、仕方がないと眉尻を下げたハレッシュも、ニヤリと笑った後で同じ動作を返してきた。

見逃してくれるようだ。

グラスゴーだけ連れていくつもりだったが、ウルウルとした目でピコも訴えるので、二頭とも連れて行く。

騎乗するのはもちろんグラスゴーだ。ここでピコを選んだら、拗《す》ねたついでにどこかを魔角ビームで爆破しかねない。

飛び出すように村を出て、一気に山の中腹まで駆け抜ける。一番近場の山とはいえ、軽々と走り抜くグラスゴーの足の速さと持久力はさすがである。それに危なげなくついてくるピコも、なかなかのものだ。

久々の乗馬は楽しかった。

自分の足では到底敵わない凄い速さで変わる風景や、軽快な蹄と風を切る音。

少し開けた場所で休憩を取り、シンはマジックバッグから水筒を取り出して飲む。グラスゴーやピコは生い茂る青々とした若葉に夢中だったので、好きにさせた。

木陰のある場所に移動し、シンは青々と茂る草の上にごろりと寝転ぶ。

芝生《しばふ》だとチクチク刺さるが、ここに生えている草はクローバーなど柔らかいものが多い。寝心地もなかなかだ。

胸一杯に吸い込んだ夏の空気に混じる、緑の香りに心が安らぐ。

ちょっと前までは普通だったのに、全てが懐かしい気配だ。

ヴァンパイアウルフ率いるブラッドウルフの群れは無事に討伐された。

シンの魔弓で焼き払われ、ピコとグラスゴーに散々ぼこぼこにされ、散り散りに逃げる狼たちは討伐隊にトドメを刺されていった。

ボスであるヴァンパイアウルフに統率されたブラッドウルフは恐ろしかったが、人間を餌ではなく脅威と見なして逃げ惑う奴らの討伐は、そう難しくなかったそうだ。

戦意喪失したブラッドウルフはその程度なのだ。

あの巨大な群れの中には、人肉ブーストがないブラッドウルフもいた。狼社会には序列があり、ご馳走にありつける上位者と、おこぼれにすらあずかれない下っ端がいる。

勇んで村を襲ってきたのは、前者の可能性が高い。

(今更ながら、あんな群れをよく倒せたな)

後始末で村はごたごたしているが、避難していた村人たちも戻ってくるはずだ。

愛馬たちの大暴れでちょっと村の周囲が前衛的な凹凸だらけになったものの、それはご愛嬌《あいきょう》だ。

(あー……っ、つっかれたぁ)

木漏れ日を見上げながら思い返せば、ドッと疲れもぶり返す。

ブラッドウルフを警戒して、シンは長らく山に出向くことができなかった。

（あ、お礼……キマイラ様とフォルミアルカ様に……）

山の風は涼しく、眠気が襲ってくる。

傍で草が動く音と、近づいてくる大きな生き物の気配がする。

ずっしりと重い足音は蹄。この独特の力強い存在感はグラスゴーだ。少し離れた場所にある別の気配はピコだ。この二頭がいる限り、この辺りでは脅威になる獣も魔物もいない。

シンは安心して眠りに落ちていった。

◆

幼い顔で眠る主人を見下ろすグラスゴーは、上機嫌で自分も隣に座ろうとした。

しかし、不審な気配を感じて顔を上げる。

木の枝に張り付くようにして息を潜めていた緑色の猿と目が合う。妙に手足の長いそれは、ゴブリンモンキーだ。

ブラッドウルフの脅威が消えていち早く戻ってきたのだろう。

しかしそこでもっとヤバい魔馬であるデュラハンギャロップに見つかってしまうのだから、運がない。

ゴブリンモンキーは逃げる暇なく、グラスゴーから放たれた風の刃より絶命する。

どさりと落ちたその死体に、グラスゴーははっと振り返る。シンはまだすやすやと夢の中にいた。

ほっとしたのも束の間《つかのま》で、仲間を殺された他のゴブリンモンキーたちがキィキィと甲高《かんだか》い威嚇の声を上げはじめる。

その声がうるさかったのだろう。シンが僅かな呻きをこぼし、眉をひそめた。

緊張したグラスゴーだが、シンはもぞもぞと動き寝返りを打っただけで、それ以上の反応はない。

グラスゴーは今度こそ安堵するが、同時に木の上で騒ぐ小物たちに怒りが湧き上がる。

真っ先に殺された一匹とは違って、高さも距離もある木の上にいるからか、ゴブリンモンキーたちは遠慮なしに騒いでいる。

ずっと騒がれれば、シンが起きてしまうのも時間の問題だ。

ゴブリンモンキーの群れを始末するのは簡単だが、いつもの調子で周囲を壊しまくりながら倒せば、シンは飛び起きる。

グラスゴーに課せられたミッションは、『シンを起こさずゴブリンモンキーを全滅させる』だ。

キーポイントはいかに静かに敵を制圧するかである。

絶対に負けられない戦いが、今始まろうとしていた。

◆

ごろりとシンが寝返りを打つ。

眉間にしわが寄っており、あまり良い夢を見ていないようだ。

「う、う〜ん……はっ！」

うなされていたが、シンはバチリと目を見開いた。そして、そのまま凄い勢いで起き上がる。

（い、嫌な夢見たぁ〜！）

夢でよかったと心底思う。

頭を抱えるほどの悪夢だった。汚くて、ドブ沼の底の臭いのようだと定評のあるゴブリンの腰布を数えるバイトをしている夢を見た。

ほんのり湿ったゴブリンの腰布は、艶《つや》もハリもない、くたびれたボロのようだった。それを手で摘まみ上げ「いちま〜い、にま〜い」と、お皿を数える某怪談のようにずっと数えていた。

なんであんな夢を見たのか疑問だと首を傾げていると、でろりと舌を伸ばして絶命しているゴブリンモンキーと目が合った。

死体だったが、その虚《うつ》ろな眼窩《がんか》をもろに見てしまった。

「うっわ‼」

思いのほか近かったうえに、凄まじい量が積み上がっていたので、シンは悲鳴を上げた。

勢い余って飛び退《との》きかけたが、すぐ後ろの何かに当たって止まる。

振り向けば、そこにはピコがいた。お腹を地面につけて、後ろの木に体重を預けて寝転んでおり、馬としては最大というくらいにリラックスモードだ。

ゴブリンモンキーの死体が傍にうずたかく積まれていなければ、シンだってもっとリラックスできただろう。

「悪夢の原因、多分こいつらの臭いだよな……」

シンはぽつりと呟いた。

ゴブリンモンキーには、ゴブリンの腰布まではいかないが、それに通じる悪臭がある。獣臭さとなんとも言えない生臭さだ。

複雑な面持ちでゴブリンモンキーを眺めていたシンは、ふと気づいた。どれもこれも一発で仕留められている。

恐らくだが、ここにいないグラスゴーがやったのだろう。

だが、そこまで考えて首を傾げる。普段のグラスゴーなら、格下と判断した雑魚相手は強烈な範囲攻撃で仕留めることが多い。こんな風に綺麗な死体にはならない。

豪快な大技を使えば、死体に大きな損傷が生じるし、全身黒こげやミンチにされていてもおかしくないのだ。

違和感を覚えたシンは思考に耽りかけたが、異様な気配を感じて振り返る。

そこには、体長三メートルはあろうかという巨大な熊がいた。

大人の足の太さもあるだろう腕が二対――つまりは腕が多いので、普通の獣ではなく、魔物。

真っ黒な毛が鮮やかな緑の中で浮かび上がる姿が不気味だ。

首と腕をだらりと下げているが、立った体勢で止まっていた。しかしすぐに動き出し、草の間を突っ切るようにこちらへまっすぐ向かっている。

シンは咄嗟にグローブから魔弓を展開しようとしたが、違和感が気になり、躊躇ってしまう。

隣にいるピコはくぁっと欠伸をして、その違和感は確信に変わった。

（あの熊……もう死んでる？）

よくよく見れば、不自然なほど足元の草は静かだ。地面を踏みしめる音が熊とは違う。

重量は確かにあるが、もっとコンパクトな、蹄から繰り出されるギャロップ。

シンが気づいたのと同時に、熊はぶんと振り回されて、適当にゴブリンモンキーの山に投げられた。

大きな熊の体で見えなかったが、後ろにグラスゴーがいたのだ。

顔を真っ赤に血で染めたグラスゴーは、ふすっと音を鳴らしてご機嫌に近づいてくる。

これは負傷ではなく返り血だ。もしくは、移動中につけたのだろう。シンは無言で洗浄魔法をかけて、グラスゴーを撫でてやる。

「随分やんちゃしてきたみたいだな？」

鋭く伸びた角を撫でるが、特におかしな部分はない。いつも通りの艶やかさ。

位置的にあの熊はこの角に引っ掛けて運んでいたはず。あの巨体に耐えられる強度を持っているのだろう。

それでもシンは、優しく鼻面から首を撫でながらグラスゴーを窘める。

「あのな？　この角はお前の生命線だぞ？　あんなデカブツを運んでまた折れたらどうするんだ？」

そんな心配をよそに、グラスゴーはべろんちょとシンの頭から顔まで舐める。

褒めてと言いたげな姿が可愛くて、それ以上何も言えないシンも、相当飼い主馬鹿であった。

「……とりあえず、冒険者ギルドに出すか……」

シンとしては使い道がない魔物の死体だったが、討伐依頼が出ているかもしれないし、ハレッシュが以前剥製にしていたし、何かしらの素材になる可能性がある。

それに、こんな大量の死体の山を放置していたら余計な獣を呼びかねない。万が一、腐敗して変な病害虫が発生しても困る。

総合的に考え、シンはこの死体の山を持っていくという判断を下した。

「魔石が出たら、グラスゴーにやるからな」

嬉しそうに嘶くグラスゴーを傍らに、死体の山を異空間バッグにズボッと収納するシンだった。

◆

タニキ村に戻ったシンは真っ先に冒険者ギルドに向かって、荷物の引き取りをお願いした。

荷物という名の大量の魔物の死体に、ギルド職員たちは目をひん剥いている。

床に所狭しと転がるゴブリンモンキーの死体。タニキ村では割とレアな部類の魔物である。同時に、作物や保存食を荒らして人里に甚大《じんだい》な被害を与える魔物なので、駆除対象になっている。

「どこで倒してきた⁉」

ギルド職員の悲鳴じみた声に、シンはけろりと答える。

「グラスゴーが狩ってきたので、なんとも。昼寝から目覚めたら、大量に積み上がっていたんですよね」

「あ、あの黒い馬か～！」

もともとやんちゃなことで有名なグラスゴー。先日もブラッドウルフたちをヒャッハーと蹴散らして暴れ回っていたのもあり、職員たちも納得する。

ピコはずっとシンの傍にいたようだし、グラスゴーだけで狩り尽くしたのだろう。

「この量を捌《さば》くのには時間がかかるな……」

「いつもみたいに預かりで、報酬は後日でいいですよ」

「そうさせてもらう」

タニキ村の冒険者ギルドは小規模だ。当然職員も少ない。ギルド職員はしばらくこの死体の山と格闘するため、残業になることが確定した。

シンは顔パスなので、特に控えは受け取らず、そのままギルドを後にした。

——しようとした。

「お帰りなさいませ、神子様。随分長い間、外出を満喫されたようで」

ギルドのドアを開いた瞬間、冷え冷えとしたオーラを纏ったアンジェリカが立っていた。

美人が怒ると凄みが増して怖い。

数秒ぼけっと見上げていたシンは、そ～っとドアを閉めようとする。

だが、すぐさま閉じ切っていないドアを掴まれて、開け放たれた。

「お供もつけずに！　何も言わずに！　どこへおいでになっていたのですか!?」

アンジェリカから特大の雷が落ちた。

「ごめんなさい！　ごめんなさいー！　ちょっとグラスゴーとピコと遠乗りに……」

シンも悪いことをしていた自覚があったので、平謝りする。

ティンパイン公式神子の身分は、王族に匹敵する。そんなやんごとない貴人が、護衛を撒いて外出するのはアウトである。

頭ではわかっているのだが、シンは庶民意識が全く抜けていない。そもそも、ぞろぞろとお供を連れ歩きたくないタイプなので、つい一人で出歩いてしまう。

「普段ならまだしも！　つい先日に魔物の群れが押し寄せていた場所ですよ!?　もっとご自身の立場を自覚なさってください！」

アンジェリカの言葉はごもっともである。

シンも両手を合わせて拝むようにして謝り倒すしかない。

帰った時間も悪かった。思ったより長居をしてしまい、遅くなった。夕暮れまでいかずとも、太陽は傾きかけている時間だ。

こんなド田舎に街灯などない。夜になれば真っ暗になるし、危険な獣や魔物の動きも活発になる。

真面目で心配性のアンジェリカのマシンガンお説教は止まらない。ようやくお説教が終わった頃には、とっぷり日が暮れていた。

シンにはきっちり一週間の謹慎《きんしん》が言い渡された。

謹慎と言っても、タニキ村内の行き来は自由だ。付き添いがいれば、外出も許可されている。

シンはそれを甘んじて受け入れた。

何せ、説教するアンジェリカが涙目だったからだ。

待っている間は心配で心配でたまらなかったのだろう。

アンジェリカはすぐにでもタニキ村を飛び出して探しに行きたかったが、周囲はグラスゴーやピコがいるから大丈夫だと諭してくるので待っていたのだ。

一番身近で見てきたハレッシュの言葉がダメ押しだった。

「シンだって一人の時間が欲しいだろう」

もともと一人旅や一人暮らしをするくらい自立心があるし、自活力もある。戦闘能力の実力も高い。

なのに、シンは大量の魔物の死体との帰還。

シンが自分で討伐したわけではないが、それだけの魔物が周囲にいたのは事実である。

アンジェリカの心配やお叱《しか》りも仕方がない。

(それに、アンジェリカさんがこれだけ言えば、周りも引っ込むしなー)

打算込みでの受け入れである。

一人がダントツで興奮していると、周囲は引っ込むものなのだ。

◆

シンが謹慎中、冒険者ギルドの中はてんてこ舞いだった。

ちっぽけな田舎ギルドでは、大量の持ち込みを想定していない。

以前まではセーブしていたシンも、王都でマジックバッグや騎獣を手に入れてから、持ち込みの数が跳ね上がっている。

ギルドに長居していた閑古鳥《かんこどり》が綺麗に飛び去ってしまった。

しかも今は夏場である。腐ってしまう前に処理しなくてはならない。ギルド職員だけでは足らず、解体作業のできる村人なども駆り出されていた。

そしてそのシンが持ち帰った魔物も問題だった。

ゴブリンモンキーは確かにこの山に出没するが、それほど頻繁に出る部類ではない。

「ブラッドウルフの影響で、森の魔物の分布が変わったかもしれないな」

ブラッドウルフが巨大な群れで暴れ回っていた影響で、今までいた動物だけでなく、魔物も棲処《すみか》を追われたのだろう。

そして、その群れがいなくなったので戻ってきたが――最初と棲息域が変わった可能性がある。

村の整備や復興に忙しく、木こりや狩人たちもあまり山に入っていない。

ブラッドウルフたちの襲撃の爪痕《つめあと》は大きく、戻ってくる家族のために畑や家を少しでも元に戻そうと近場から手を付けていたのだ。

王都からの討伐隊が籠城をしているタニキ村のために食料を持ってきてくれていたので、無理に猟に出る必要がなかったのもある。

木こりたちも開墾の際に出た木材や、籠城のために備蓄した分があったので、当座は足りると急がなかった。

魔物の処理にはたくさんの人が手伝いに来ていたので、その情報はすぐさま拡散されて、村中に共有された。

当然、それはシンの耳にも入る。

「へー。じゃあ気を付けよ」

功労者ならぬ功労馬には、シンのポーションがおやつに追加された。


シンは家で無心になってうどんをコネコネしていた。

広いテーブルを綺麗に拭いて、その上に打ち粉をして生地を伸ばす。

後ろでぎゃんぎゃんこんこんと怒声を上げるビャクヤはスルーである。

ビャクヤの方は怒りがファイヤーどころかボルケーノしているが、原因は怒られているカミーユにある。

「なんっっっっっで!! 今更！ 別の課題が出てくるんやー！ この前全部終わった言うたやろ!?俺はこんなんあるなんて知らんぞ！」

カミーユの「終わった終わった詐欺《さぎ》」が原因である。ちまちまと答案が穴あきになったものや白紙のブツが出てくるので、いい加減ご立腹だ。

「これは前期で赤点を取った生徒限定でござる……」

「なんっで！　こんなクッシャクシャやねん⁉」

「奥に仕舞いすぎて、荷物に押されてこうなったでござる」

「だから日頃から綺麗に整理整頓せぇって言うとるやろ！」

ビャクヤの正論ビンタが唸っている。

物理的な威力があったら、カミーユの両頬に往復ビンタが決まっていたことだろう。

「どないすんねん！　これは教材や資料が必要やで⁉　学園に今から戻っても借りられへん……！」

「王都で買うしかないでござる……」

「これは専門書が必要なんよ？　ぶっ飛んだ金額しとると思うで？　下手したら、俺らの一ヵ月くらいの稼ぎが綺麗に吹っ飛ぶ……それで足りるかもわからへん」

シワシワになった用紙を伸ばしながら、ビャクヤはその課題を睨みつけるようにして読んでいる。

カミーユは縮こまりながら項垂れていた。

シンは相変わらずキッチンでうどんの生地を伸ばしていた。

（あー……学園なら生徒は簡単に借りられるけど、他所では難しいよな）

盗み聞きするつもりはなくとも、すぐ隣の部屋だから筒抜けだ。

それどころか、母屋のハレッシュや隣家のベッキー家にまで響いている。

シンが振り返ると、狐耳を垂れさせて頭を抱えているビャクヤが見えた。

文句を言いつつも面倒見の良い彼は、頭をフル回転させて、なんとか手立てを探しているのだろう。そんな彼に、シンは声をかける。

「ビャクヤ、ダメもとでルクス様に相談してみる？」

「ええの？」

「お目当ての本があるとは限らないけど、あの人は読書しそうだし、勉強家っぽいし」

ぴょこんと耳を立たせたビャクヤは、一筋《ひとすじ》の光明を見つけたように振り返る。

ビャクヤもその手は考えたが、相手はティンパイン王国の伯爵子息だ。気さくとはいえ、まだ関係の浅いビャクヤには、身分差もあって気軽に頼みづらい。

その点、現役神子様をやっており、迷惑王子の躾役《しつけやく》を引き受けているシンなら話しやすい。

「……それに、今日は行かなきゃいけないしさー」

「何かあるのでござるか？」

歯切れの悪いシンの口ぶりに、カミーユが首を傾げた。

シンがうどんをこねているのは、その用事が嫌で逃避エネルギーが発揮されたからである。

「いやー。戻ってくるんだよ。駄犬王子が。少しは顔を出しておかないと、あとで泣き叫んでウザ……うるさそうだし」

「言い直しておいてなんやけど、どっちも言葉のチョイスが辛辣《しんらつ》やね」

シンの破れたオブラートに呆れたビャクヤ。そういえば、今日は避難していた村人が戻ってくる日だ。

女子供や老人をはじめとする、避難していた村人たち。その中でもすぐに移動ができる者たちは、今日の便で帰ってくる。

バーチェ村からの避難者は怪我人が多かったので、一部はまだ療養中だが、タニキ村の住人はほぼ戻ってくる形だ。

そして、その便に駄犬王子ことティルレイン・エヴァンジェリン・バルザーヤ・ティンパインもいるのだ。

シンに構ってもらいたがりで、シンを構いたがる、外見は文句なしで王子様、中身はお子様かつ〝駄〟のつくお犬様である。

「さようなら、僕の静かなスローライフ。束の間の平穏」

シンは虚無《きょむ》の表情で空を仰ぐ。

残念ながらここは家の中なので、見えたのは天井だけだった。

覚悟を決めたシンが外に出ると、傍の木陰にいたアンジェリカがすぐに気づいて、顔を上げる。

「シン様、お出かけですか？」

「うん、今日はティル殿下が戻ってくるからね」

微妙に歯切れが悪く、覇気のないシンの表情に、アンジェリカも察したらしい。

その表情をちょっとだけ困ったような微苦笑に変える。

「アンジェリカさん、待機している時は暇じゃないの？」

「本を読んだり、刺繍をしたりしていますから。村の人たちも話しかけてくれますので、そうでもないですよ」

それ以外にも、彼女は田畑や雑用を手伝ってくれる。

シンが外に出る時は暇を潰せる物を持っている様子はなかった。

アンジェリカは何か動きがあるとすぐにしまって、対応できるように備えているのだろう。

他の作業をしながらも、同時に別のところにも気を配っているのだ。

(べったり張り付かれているより、程々の方がこっちとしてはありがたいな)

アンジェリカは生真面目だが、学習能力のない人間ではない。

最初にガツガツしすぎた時のシンの塩対応を覚えていた。

シンのそういった性質を理解して、自分で考えて、距離を取りつつ護衛に当たっているのだ。

「カミーユとビャクヤは一緒ではないのですね」

「聞こえているとは思うけど、カミーユの課題だよ。赤点回避したと思ってたんだけど、ダメだったみたい」

「学科によっては、総合点ではなく、部分点でも赤点がありますからね」

「え、そんなのあるの？」

初耳だった。成績優秀なシンには無縁な話なので、話題に上らなかったのかもしれない。

「はい。これだけは外してはいけないという配点部分があって、そこをミスすると合計点は良くても特別課題が出されるので……テストの点数上は大丈夫ですし、単位も取れて進級もできますけど、かなり稀なパターンですが……」

「アンジェリカさん、騎士科だったの？　てっきり貴族科だと」

そこまで言って、シンはハッと口を押さえた。

アンジェリカの家庭事情は特殊である。それに彼女はスコティッシュフォールドの姓を名乗っているが、貴族籍としては微妙なところにあるという複雑な立場なのだ。

彼女の血筋は正真正銘《しょうしんしょうめい》スコティッシュフォールド子爵家だ。

しかし、入り婿《いりむこ》の父親が甘やかした異母妹がアンジェリカの婚約者を奪って、本来の後継者であるアンジェリカを追い出すという、ゴミクソな所業をしている。

父親はアンジェリカより異母妹を依怙贔屓《えこひいき》しているのだ。

「貴族科で合っていますよ。騎士科には幼馴染がいたんです」

「ソ、ソウナンデェスカー」

アンジェリカは特に気にした様子もなく、笑顔で答えた。逆にシンがぎくしゃくしてしまうが、それに対しても苦笑するだけに留めている。

その表情は穏やかで、何か吹っ切れた感じもする。

「あ、あのシン様。実はお話ししたいことがありまして」

「あ、はい」

何やらもじもじしているアンジェリカ。耳が赤い。

「じっ、実は……ソノ……ルクスと婚約をすることになりまし――」

「おめでとうございます。式の日取りはいつですか？　絶対に空けます」

やや食い気味にシンが応えると、きょとんとした後でアンジェリカの顔が真っ赤になった。

もしシンが恋バナ大好き女子なら、根掘り葉掘り聞くところだろうが、それはしない。

他人の恋路に首を突っ込むのはよろしくないことだ。

アンジェリカとルクスがいい感じなのは、ちょっと前から知っていた。

ルクスは将来について前向きだが、アンジェリカは自分の微妙な立場があって、消極的だった。

何か心境に変化があったようだ。

「もしやシン様、何か知っていました？　ルクスから聞いていたんですか？」

はっきり言っていなかったのに、シンが受け入れ万全姿勢なのが気になるアンジェリカ。

「最初に気づいたのはティル殿下。ルクス様からは真剣交際しているとか、今後のことも考えていることも聞いていたんだ」

「ルクス……！」

恨みの籠ったアンジェリカの声が響く。

いつも大人っぽい彼女が、年相応に感情を剥き出しにしていた。

だが、気を取り直したようで、彼女は深呼吸した後でシンに向き直った。

「はい、それで少しお伝えしたいことが。お恥ずかしながら私の家族……と言っていいのかは微妙ですが、その人たちについてです。彼らはかなり自分勝手な人です。私がティンパイン公式神子様直属の護衛だと知ったら、金の無心や、私を通して神子であらせられるシン様に要職へ遇せと言ってくるかもしれないのです」

「僕は切り捨てていいんだよね？」

「取り付く島を与えないでください。変な情けをかけると、つけ上がります」

アンジェリカはきっぱり言った。酷い言いぐさだが、それだけの前科があるのだろう。そして、ルクスも彼女の親族を危険視していた。

シンはお人好しではないので、身内のアンジェリカを冷遇して追い出した相手に、美味しい思いなどさせない。

（どの面《つら》下げて……って話だけど、まあ、どこの世界でもままあるか）

見下していた人間が成り上がった瞬間、態度を変えてすり寄るのはよくあることだ。

そういう人間に限って、見下し判定をした相手ならば搾取《さくしゅ》できると思い込んでいることが多い。

アンジェリカの眼差しに迷いはない。

きっと、その覚悟が彼女に変化を与えたのだろう。

「……もともと、スコティッシュフォールド子爵家は私の母の実家です。父は婿養子で、異母妹に至っては無関係です。私は成人しておりますので、父には家督《かとく》の返還を求めます」

「そうだね。権利ない人が持っているのはおかしいよ」

ルクスも言っていたが、本来はアンジェリカが手にすべきものだ。

シンは彼女の戦いを、陰ながら応援するつもりである。

（一番やる気になっているのはルクス様だから、その辺はきっちりやってくれるだろうな）

前々から根回しはしているようだし、その辺は安心できる。

アンジェリカはつくづく良い縁に巡り合ったものだと、シンは一人頷いていた。

やはりというかなんというか、シンが領主邸に着くと、すでに到着していたティルレインにウザ絡みをされた。

ただ顔を出しただけだったが、出会い頭に涙腺を大決壊させたティルレインに、全力ダッシュからのハグをされそうになる。

当然ながら、鬱陶しいので即座に避けた。

だがティルレインは諦めず、何度も飛びついてこようとする。

「なんでハグさせてくれないんだよぉおお！　ここは感動の再会だろう!?　そんなに冷たくされる意味がわからないんだぞぅ!?」

顔面から色んな水分がスプラッシュしている。とてもばっちい。

「シンプルに嫌だ」

「うぐっ!?」

シンがすかさず一刀両断すると、ティルレインがじめじめとナメクジのような湿気を帯びていじけだした。

「シン様……少しばかり殿下に手厳しいのでは？」

「そーだそーだ！」

アンジェリカが情けをかけると、すぐさまそちら側につくティルレイン。

「今年成人の第三王子が普段からこれだから、手厳しく躾けなきゃならないんですよ。社交の邪魔だからって婚約者に王都から叩き出されている人ですよ？　一応、療養という名分はありますけど」

シンだってロイヤル馬鹿王子のお世話より、畑の世話をしていたかった。

シンは嫌そうな顔を隠そうともしない。相変わらずの塩対応だが、ティルレインもめげない。

その様子を、ルクスは少し離れたところから苦笑して見守っている。

アンジェリカと目が合うと、彼は静かに目を細めた。

それに気づいたアンジェリカも、はにかみながら笑みを返す。

二人の間に流れる、恋人ならではの空気。

（あ……甘ずっぺえええ）

女っ気のないド健全ライフばかりしているシンは、未だにしつこくハグを所望するティルレインを押しのけながら、虚無顔になる。

別にスローライフが嫌いなわけじゃないし、スキャンダラスな日々を望んでいるわけでもないが、ちょっといたたまれない。

「隙あり！」

そんな中で、ティルレインはハグチャレンジを諦めない。

だが、顔と家柄と美術関係の才能のみにパラメータを全振りしているもやしっこプリンスが、現役冒険者にして狩人のシンを捕らえられるわけない。

ティルレインは無様に草の上を滑る。

石畳や砂利の上に転がさないのは、シンの慈悲である。

結局、一度もハグチャレンジが成功せず、ティルレインは汚い泣き顔を晒すこととなった。

それに気づき、ルクスはハンカチを差し出してべちゃべちゃの顔を拭く。

アンジェリカはその様子を微笑ましそうに見ているが、ちょっと苦笑交じりなのは、気のせいじゃないだろう。

「ティル殿下、ルクス様に迷惑をかけるのもほどほどにしてくださいよ」

「なっ、ルクスまで僕に厳しくなったら、誰が僕を甘やかしてくれるんだぁ!?」

「……ヴィクトリア様とか？」

悲痛なティルレインの訴えに、彼の婚約者の名前を出してみるシン。

しかし、自分で出しておいて「ないな」と、心の中で否定した。

ドSがドレスを着て歩いているような淑女だ。世話焼きや慰めよりも、切れ味抜群のトドメの刃を研ぎ澄まして振るうだろう。

ヴィクトリア・フォン・ホワイトテリア公爵令嬢はそういうレディである。

しかし、頭がフローラルなティルレインは、美しい婚約者が優しくしてくれるかもと、期待を抱いたようだ。

「えっ……ヴィー、優しくしてくれるかなぁ？」

ティルレインは、照れながら、胸元で指をもじもじさせる。

すぐ隣のルクスが無言で口を引き結び、苦虫を噛み潰して口いっぱいに含んだような顔をしているのに気づいていない。

苦しそうを超えて、悲しそうだった。

「ソウダトイイデスネー」

シンはそう言うのが精一杯だった。

絶対あり得ないが、お気楽プリンスは超が付くほどポジティブシンキングだった。

クネクネと身をよじりながら「そっか～、そうだよな～。僕たち婚約者だもんなぁ～」と笑っているティルレイン。その頭の中には、とっても都合の良い妄想《もうそう》がはびこっているのだろう。

ヴィクトリアはとても美しいが、それは薔薇《ばら》の如く棘《とげ》がある美しさだ。

うっかり王子のティルレインには特に厳しい。慰めや慈愛の言葉より、愛の鞭《むち》がビシバシ言葉の刃で飛んでくるだろう。

きっとティルレインの望んでいるようなハートフルで優しさ溢れる対応はされない。

（まあ……うん、仲は悪くないんだ）

こんな問題だらけの王子に、あんな優秀な令嬢が婚約者としているだけありがたいことだろう。

たとえその理由が、趣味嗜好を満たすためであってもティルレインの面倒を見てくれる女性はそうそういない。割れ鍋に綴《と》じ蓋《ぶた》とか、思っていない――シンは自分にそう言い聞かせた。

自分を納得させたところで、シンはルクスに向き直った。

カミーユの課題について、参考資料になりそうなものを持っていないか聞くためだ。

「王都の実家にならば該当する書籍があると思いますが、さすがにこちらには持ってきていないですね」

ルクスは少し眉尻を下げ、申し訳なさそうに答えた。

手元にないのは残念だが、彼は悪くない。悪いのはすっかり忘れ呆けていたカミーユである。

「うーん、こうなったら王都に行く予定を早めるか……」

ぼそっとシンが言うと、ティルレインが即座に反応した。

「えっ!? 僕が戻ってきたのに、王都に戻るのか!?」

ティルレインがいようがいまいが、シンは自分の予定を変えるつもりはない。

「正直、カミーユは自業自得だけど、勉強に付き合っているビャクヤが可哀想で……」

ピコを貸せば二人だけでも王都に戻れるだろう。

しかし、グラスゴーほど露骨ではないにしろ、ピコもシンが大好きな馬である。それに、一度捨てられた上に酷い仕打ちを受けたことのある馬でもある。

二人を信用していないわけではないが、シンとしては遠くにやるような真似はなるべくしたくなかった。

「あと、学園の温室も気になるし……」

真夏に丸一ヵ月以上放置したら、草は伸び放題の生え放題である。

元の綺麗な畑に戻すには、それなりの時間と労力を要する。

「あの、シン君。王都に戻るなら、ドーベルマン伯爵家にぜひ立ち寄ってください。宰相夫妻もとても気になさっていましたから」

「あ、わかりました」

ルクスの言葉にシンは頷く。

宰相夫妻のことは、すっかり頭から抜け落ちていた。なんだかんだで気に掛けてもらっている人たちだ。顔出しは必須である。

替え玉の神子といるらしいレニにも、無事だと顔を見せた方がいいだろう。

それに、王都に行ったら冒険者ギルドに立ち寄って、タニキ村で採取した森の実りや狩った獲物を換金したかった。

くたびれたシャツやちょっと窮屈《きゅうくつ》になってきたブーツも新調が必要だ。都会の方が品ぞろえも多いので、買い物するなら断然エルビアだ。

あれこれと数えるているうちに、寄らなきゃいけない場所が両手で足りなくなってきたシンだった。

◆

家で一人椅子に座ったシンは、腕を組んで考える。

王都での用事が多く、それらを整理するためだ。

日程ぎりぎりに王都に滑り込んだら、お世話になっている方々への挨拶が後回しになる。

シンの中ではそれを省くという選択肢はない。コネと金は大事である。社畜時代に学んだ、数少ない大事なことだ。

王都でしか手に入らない日用品や素材もあり、それらの買い出しリストが溜まっていた。

それに、自分の問題ではないが、カミーユの課題もあるし、王都には早めに行くべきだ。

（ブラッドウルフやヴァンパイアウルフの騒動で、ここのところ冒険者稼業も疎かだし……）

魔物を倒しているのは愛馬たち。倒していても、肝心の討伐部位が回収できない。

大半が地面の下か、ジュッと消滅させられている。

わざわざ土を掘り返すのも面倒だし、その莫大になるだろう報酬をシン一人で抱え込んでも厄介の種になる未来しか見えなかったので、シンはそのままにしていた。

基本的に目立ちたくないのだ。

いつも通り、地道な狩りや罠猟で得たお金の方が安心する。

シンの腹は決まった。

（サクッと王都のエルビアに向かおう）

よし、と立ち上がった時、足元からビリッと嫌な音がした。

「げっ！」

下を見て、シンは思わず悲鳴を漏らした。

ブーツの靴底が剥がれ、ご臨終の姿を晒していた。

靴としての機能が失われている。これでは足を保護してくれないし、歩きにくいことこの上ない。

ずっと使っていたので、ガタがきていたのだ。

壊れたのが戦闘中や、遠出している時でなくてよかった。

タイミングが悪ければ命の危険性すらある。

（修復魔法で直して……一応はできるけど、これはサイズ的にも使えなくなるのは時間の問題だしなぁ）

修復魔法で直したブーツは、やはり全体的にくたびれていた。

外に一歩踏み出し、またどこか破れるんじゃないかと緊張しながら歩いていると、ハレッシュが顔を出した。

彼は顔を妙にしかめて歩くシンを見て、首を傾げる。

「なんだ？　変な顔して」

「ブーツが壊れて……直しはしたんですけど、どうも微妙で。買いたいものも多いし、早めに王都に向かおうと思います」

タニキ村にも革を加工できる人はいるが、良いものを探すとなると、行商人を待つか、都会に出るしかない。

「確かになぁ。やっぱ王都の方がいいモンが多いし、しばらくは行商も来なさそうだしな」

しげしげと眺めるハレッシュの目には、ブーツだけでなく、シャツやズボンも少しきつそうに見えた。

彼は何故だろうと考えて――ピンときた。

「背が伸びたんじゃないか、シン？」

「えっ⁉　本当ですか⁉」

思いがけないハレッシュの言葉に、シンは表情を明るくさせて顔を上げた。

平均身長より小さめのシンとしては、大きな朗報である。年相応にはしゃぐ姿に、ハレッシュもつられて笑う。

だが、その朗報を打ち落とすように、悪報がもたらされる。

「おう。いいことだが、制服もやばいんじゃないか？」

純粋な感想にして、疑問。

ハレッシュの悪意なき一言に、シンはぴしりと音を立てて固まる。

大慌てで家に戻って、クローゼットを開け放った。

シンの制服は割とぴったりに作ってある。成長期真っただ中だから、大きいサイズで作ってもよかったのだが、その辺はドーベルマン伯爵夫妻に任せていた。

ちょうど受験の時、チェスター宅でお世話になっていた流れで、制服のオーダーを受けている店を紹介してもらうだけのつもりが、気づいたら一式仕立てられていた。

そもそも、チェスターは裕福な伯爵にして現役宰相。ミリアは貴婦人のトレンドリーダーのような存在だ。

超絶セレブには、制服を大きめに作って卒業までもたせるなんて考えはない。

小さくなったらまた作ればいいと、そこそこジャストサイズで誂《あつら》える。

シンは久々に制服を出す。

夏服は問題ない。もともと風通しがよく、涼しく着られるようにゆったりしたデザインなのもあって大丈夫だった。だが、冬服は腕や足がつんつるてんになって、手首や足首が微妙にコンニチハしている。

(……名門校の制服って、いくらくらいするんだろう)

制服というのは、フォーマルな場にも使用できるくらいには上質な布地が多い。

貴族が着るくらいだし、それなりのお値段はするはずだ。

だが、はっと気づいた。

何故自分の変化に気づかなかったのか。

それは、身近にいる同居人二人との視線の高さが全く変わらなかったのもあるだろう。

そしてシンの記憶では、二人ともあまり大きな制服を着ていたようには見えなかった。

「カミーユ！　ビャクヤ！」

シンは、暑さがしんどいと惰眠《だみん》を貪っていた二人をたたき起こす。

「お前ら……制服、きつくなってないか？」

最初は寝ぼけ眼《まなこ》で首を傾げていた二人だが、シンがこんな暑い中冬服を着ていて、丈足らずになっているのに気づく。

言わんとしたことを理解した二人は、みるみる固まる。

転がるように駆けていき、二人とも荷物をひっくり返す。夏服を着て、冬服も着て――暑いはずなのに、真っ青になって冷や汗をかいている。

「キッツ！」

べしんとブレザーを投げるビャクヤ。

田舎生活は地味に体力仕事が多い。肩回りが鍛えられて、ブレザーの布がピッチピチに張り詰めていた。

「ギャー！　胸元と太ももに穴が開いているでござるー!?　あと謎の白い斑点《はんてん》が!?」

「それはお前が食べこぼしとかして放置したんじゃないか？　あと防虫忘れたとか」

カミーユはサイズだけでなく、別の問題も発生していた。

指が通るほどの虫食い穴と、点々と白く広がるカビである。

いずれにせよ、サイズアウトした制服に気づいた三人は、大騒ぎである。

その声は母屋のハレッシュだけではなく、隣家のベッキー家にまで響いていた。

「やばいでござる！　制服は結構高いでござるよ!?」

「わーっとるわ！　せやけど、こんなちんちくりんなのを着られるかっちゅー話や！」

プチパニックを起こして頭を抱え、右往左往するカミーユの尻をしばくビャクヤ。

ビャクヤ自身も結構慌てていた。想定外の出費な上、かなり高額である。

学費問題が解決してホクホクしていた矢先に発生した、金欠問題だ。

「稼ぐしかないな」

シンは重々しく告げる。

彼は堅実にお金を貯蓄しているが、制服の相場なんて知らない。

社畜の時も子持ちではなかったし、学生時代の制服の値段なんて気にしていなかった。異世界の制服の値段なんて、さらにさっぱりだ。

「シン君はティンパイン公式神子やし、配給されんやないの？」

「僕はドーベルマン伯爵家の支援を受けて入っているって形だから……一着目はともかく、二着目は自腹を切るべきだろ」

律儀《りちぎ》なシンの態度に、ビャクヤは半眼になった。

ビャクヤだったら、ゴネてでも経費で落としてもらう。なんなら「ワレ、神子ぞ？」と訴える。

後見人に羽振りのよさそうな大貴族がいるのだから、ごまをすってすってすりまくって、甘え倒すはずだ。

だが、シンは妙に義理堅いというか、一線を引くところがある――それがまた相手の庇護欲やら世話焼き欲を刺激するのだろう。

「……シン君、めっちゃドーベルマン宰相に好かれとらん？」

村が安全になって間を置かずして、シン宛に怒涛の伝書鳥ラッシュが来ていたのを、ビャクヤも知っていた。

ドーベルマン伯爵家の封蝋《ふうろう》がガッツリ押された便箋《びんせん》の数からして、普通の可愛がり方ではない。

「それなりには。まあ、嫌われていたら後見人になんてなってくれないよ」

ちょっとずれているシンの答えに、ビャクヤは耳をピコンと動かして曖昧な笑みを返すのだった。

◆

翌日、全速力で旅支度を整えた三人は、領主邸に挨拶に来ていた。

はっきり言って、田舎より都会の方が仕事は多い。

人口が多ければ消費が多い。当然、需要も多い。人の数に比例して、多種多様に要求が増えていく。

ド田舎なタニキ村にいるより、王都エルビアの方が稼ぎやすい。

「「「出稼ぎに行ってきます！」」」

庭に出て朝の畑仕事をしていた領主ことパウエル・フォン・ポメラニアン準男爵は、きょとーんとしている。

麦わら帽子の下から見える人の好さそうな顔が、ちょっと困り顔だ。

「随分と急な話だけど、何かあったの？」

きっとティルレインが置いていかれたのに気づいたら、大騒ぎする。

パウエルとしては、できればちゃんとティルレインとお別れの挨拶をするか、一緒に連れて行くかしてほしかった。そして護衛付きで行ってもらいたい。

だがそれを言おうにも三人が鬼気迫った様子で、伝えづらい。

「背が伸びて制服が着られなくなりました！」

「新調する金がないんすわ！」

「カッツカツでござる！　課題も終わってないでござるー！」

現状を訴える若人《わこうど》たちは切羽詰まっていた。その悩みは切実だ。

本来なら、身長が伸びて喜ぶ年頃の少年たちだが、それに伴う弊害《へいがい》が懐《ふところ》にダイレクトすぎた。

特にカミーユは制服代を稼ぐのと並行して、勉強もしなくてはならないので、半泣きだ。

内心、修羅場かと身構えていたパウエルだったが、「育ち盛りだもんなぁ」と、若者の成長にほのぼのする。

そんな中、騒ぎを聞きつけたアンジェリカがやってきた。

「どうなさったんですか？」

アンジェリカは朝稽古《あさげいこ》をしていたのか、身軽な服装で手に木刀を持っていた。

彼女は、いつもよりも装備がしっかりしているシンの姿に気づくと、問いただす視線を向ける。

「急遽制服代を稼ぎに行かなくちゃならなくて……仕立ててもらうとなると、時間もかかるし」

正直、シンは金銭の余裕があるので問題ない——はずである。制服一式のお代を知らないので、不安は残るが。

アンジェリカは少し不思議そうに首を傾げ、口を開く。

「そこまで慌てる必要はありません。神子様の制服は、申請を出せばすぐに用意されますよ。わざわざ王都に行かずとも、タニキ村にテーラーを呼ぶこともできます。シン様は神子様でいらっしゃいますし、一言許可をいただければ、学園のことだけでなく、生活資金もティンパインが面倒を見ます。というより、本来見るべきなんです」

神子になった当初、自立したいシンが頑として譲らず、援助の話はなくなった。

アンジェリカもその意思を尊重して、普段は黙っているが、今はシンが随分慌てて困っているので、改めて援助を受けるべきだと言ったのだ。

置いていかれることを危惧《きぐ》したアンジェリカは、絶対にシンについていくと、使命感に燃えている。

それに気づき、シンはちょっと気まずかった。

学生と冒険者がメインなので、シンはやんごとない自分の身分を頻繁に忘れている。

開店休業なティンパイン公式神子の肩書である。

「アンジェリカさんだけなら、僕のグラスゴーに乗せていけるよ」

「大丈夫です。私も国から馬が支給されています。すぐに用意して参りますので、その前にティルレイン殿下にご挨拶をお願いします」

ティルレインを無視して出発すれば、盛大に駄々をこねて周囲を困らせる可能性がある。

ギャンギャン泣き叫んで悲嘆《ひたん》に暮れた後、めそめそと湿った恨みがましいオーラを放ってシンと会えるまで拗ねるだろう。

だが、シンの一言で、拗ね方はだいぶ変わるだろう。

アンジェリカも王子の扱いに慣れてきた。

「いいよ。あの殿下、来ないでって言っても追いかけてくるし」

あの駄犬王子はとっても鬱陶しい。感情が豊かといえば聞こえがいいが、感情と表情と音声が直結しすぎていた。

面子《メンツ》も矜持《きょうじ》もなく大泣きするのを、アンジェリカとパウエルもわかっている。

「シン君。もういっそ、殿下と一緒に行った方がええんやない？　宿屋や学園に突撃されるのは嫌やろ？」

空気を読んだビャクヤがそっと耳打ちするので、がっくりと項垂れたシンは「そーだね」と力なく頷いたのだった。

そして、シンの予想通り、ティルレインは置いていかれるのを大変嫌がった。

全力で駄々をこねてこねてこねくり回しまくったティルレインの姿に、シンだけでなくビャクヤやカミーユもドン引きしていた。

ルクスはこっそり胃を押さえ、アンジェリカも困惑していた。

盛大に騒いで泣き落として――結局周囲への被害を見ていられなくなったシンが譲歩して、三日後にみんなで出発となった。

予定より遅くなったが、これが最速だった。

慌ただしくも平和な日々が戻ってきた。

シンの騒がしい夏は、もう少し続きそうである。

異世界ゆるり紀行
～子育てしながら冒険者します～
1~16
水無月静琉
Minazuki Shizuru
シリーズ累計
123万部突破!!
(電子含む)
2024年7月7日～
TVアニメ
放送開始!!
(テレ東・BSテレ東ほか)
1～16巻
好評発売中!
コミックス
1～9巻
好評発売中!
子連れ冒険者ののんびりファンタジー!
神様のミスで命を落とし、転生した茅野巧。様々なスキルを授かり異世界に送られると、そこは魔物が蠢く森の中だった。タクミはその森で双子と思しき幼い男女の子供を発見し、アレン、エレナと名づけて保護する。アレンとエレナの成長を見守りながらの、のんびり冒険者生活がスタートする!
異世界ゆるり紀行 子育てしながら冒険者します
水無月静琉
転生したら、双子を保護しました。
子連れ冒険者の異世界のんびりファンタジー!
異世界ゆるり紀行 子育てしながら冒険者します
水無月静琉
みずなともみ
1
転生したら、幼い双子を保護しました。
シリーズ累計15万部!!
●16巻 定価：1430円（10%税込）
1~15巻 各定価：1320円（10%税込）
●Illustration：やまかわ
●9巻 定価：770円（10%税込）
1~8巻 各定価：748円（10%税込）
●漫画：みずなともみ

いずれ最強の錬金術師？
SOMEDAY WILL I BE THE GREATEST ALCHEMIST?
1~16
小狐丸
KOGITSUNEMARU
シリーズ累計(電子含む)100万部突破！
2025年1月ついに
TVアニメ化!!
コミックス
1～7巻
好評発売中！
いずれ最強の錬金術師？
小狐丸
地味～な生産職志望の僕に付与されたのは、
聖剣から空飛ぶ船まで、何でも造れる
最強スキル
錬金術!!
第10回アルファポリスファンタジー小説大賞
読者賞受賞作
アルファポリス人気ランキング
圧倒的第1位
……僕、のんびり暮らしたいだけなんだけど
1～16巻
好評発売中！
勇者召喚に巻き込まれ、異世界に転生した僕、タクミ。不憫な僕を哀れんで、女神様が特別なスキルをくれることになったので、地味な生産系スキルをお願いした。そして与えられたのは、錬金術という珍しいスキル。まだよくわからないけど、このスキル、すごい可能性を秘めていそう……!? 最強錬金術師を目指す僕の旅が、いま始まる！
いずれ最強の錬金術師？
1
原作 小狐丸
漫画 ささかまたろう
最強の生産スキル
錬金術発動！
10万部突破！
◉16巻 定価:1430円(10%税込)
1~15巻 各定価:1320円(10%税込)
◉Illustration：人米
◉7巻 定価:770円(10%税込)
1~6巻 各定価:748円(10%税込)
◉漫画：ささかまたろう　B6判

辺境テイマー師弟のワケありもふもふファンタジー！

従魔を一匹もテイムできず、とうとう冒険者パーティを追放された落ちこぼれ従魔術師のラーハルト。それでも従魔術師の道を諦めきれない彼は、辺境で従魔の引き取り屋をしているという女従魔術師、ツバキの噂を聞きつける。必死に弟子入りを志願したラーハルトは、彼女の家で従魔たちと暮らすことになるが……畑を荒らす巨大猪退治に爆弾鼠の爆発事件、果ては連続従魔窃盗事件まで、従魔絡みのトラブルに二人そろって巻き込まれまくり!?

◉定価：1430円（10%税込）◉ISBN 978-4-434-34061-1

◉Illustration：満水

小さな
大魔法使いの
自分探しの旅
親に見捨てられたけど、
無自覚チートで
街の人を笑顔にします
✦author
藤なごみ
えっ
無自覚チート
になっちゃった!?

小さな
大魔法使いの
自分探しの旅
藤なごみ
えっ
無自覚チート
になっちゃった!?
アルファポリス
街の人に愛されながら立派な魔法使いを目指します!

この作品に対する皆様のご意見・ご感想をお待ちしております。

おハガキ・お手紙は以下の宛先にお送りください。

【宛先】

〒150-6019 東京都渋谷区恵比寿4-20-3 恵比寿ｶﾞｰﾃﾞﾝﾌﾟﾚｲｽﾀﾜｰ 19F
（株）アルファポリス　書籍感想係

メールフォームでのご意見・ご感想は右のＱＲコードから、
あるいは以下のワードで検索をかけてください。

アルファポリス　書籍の感想　検索

ご感想はこちらから

本書はWebサイト「アルファポリス」(https://www.alphapolis.co.jp/) に投稿されたものを、改題、改稿、加筆のうえ、書籍化したものです。

余《あま》りモノ異世界人《いせかいじん》の自由生活《じゆうせいかつ》～勇者《ゆうしゃ》じゃないので勝手《かって》にやらせてもらいます～7

藤森フクロウ（ふじもりふくろう）

2024年6月30日初版発行

編集－仙波邦彦・宮坂剛
編集長－太田鉄平
発行者－梶本雄介
発行所－株式会社アルファポリス
〒150-6019 東京都渋谷区恵比寿4-20-3 恵比寿ｶﾞｰﾃﾞﾝﾌﾟﾚｲｽﾀﾜｰ19F
TEL 03-6277-1601（営業） 03-6277-1602（編集）
URL https://www.alphapolis.co.jp/
発売元－株式会社星雲社（共同出版社・流通責任出版社）
〒112-0005東京都文京区水道1-3-30
TEL 03-3868-3275
装丁・本文イラスト－万冬しま
装丁デザイン－AFTERGLOW
印刷－中央精版印刷株式会社

価格はカバーに表示されてあります。

落丁乱丁の場合はアルファポリスまでご連絡ください。

送料は小社負担でお取り替えします。


ISBN978-4-434-33775-8 C0093